AF353020

Mendigos
Aventuras de emprendedores nunca contadas

Víctor Hugo Abrill

EDIQUID

MENDIGOS
Aventuras de emprendedores nunca contadas
© Víctor Hugo Abrill

Editado por: Corporación Ígneo, S.A.C.
para su sello editorial Ediquid
José Olaya 169, Ofic. 504, Miraflores. Lima, Perú
Primera edición, marzo, 2024

ISBN: 978-612-5142-21-4
Impresión bajo demanda

Hecho el Depósito Legal en la Biblioteca Nacional del Perú N° 2024-01036
Se terminó de imprimir en marzo del 2024

www.grupoigneo.com
Correo electrónico: contacto@grupoigneo.com
Facebook: Grupo Ígneo | X: @editorialigneo | Instagram: @grupoigneo

Colección: Nuevas Voces

A mi familia, testigo de largas batallas.
Con inmenso amor.

Prólogo

Los indescifrables sueños de los hombres y mujeres que pasamos por este mundo son eternos, aun cerca de la muerte. Los míos persistían, a pesar de las agobiantes mezquindades del actual sistema que había echado raíces profundas y sistemáticas en nuestra vieja y sumisa sociedad: la clase social alta, media, baja y superbaja. Mis delirantes y febriles sueños de escritor principiante fueron arremolinándose, poco a poco, y me empujaron a escribir esta historia realista, enmarcada de ilusiones y desventuras en medio de un mundo cruel y egoísta.

Creí necesario rescatarla de entre mis otras historias empresariales, vividas en aquellos años turbulentos de Alberto Fujimori y la guerra sin cuartel contra Sendero Luminoso.

Mi computadora de la época, en silencio, me tentó muchísimas veces, como si quisiera hablarme a gritos, y una buena noche caí en su embrujo. Me acomodé frente a ella, di un largo suspiro y mi mente voló al pasado, mucho tiempo atrás. Mis pasiones juveniles regresaron, nítidas, y pude volver a gozarlas y a sufrirlas. Excavé en ellas sin dar una razón ni pedir permiso y no me importó si eran malas o buenas. Socavé en mis recuerdos y los alboroté con la vieja pala de la nostalgia.

A veces llegaba cansado, sin fuerzas, pero mi terca y vieja computadora me invitaba con su encanto, su dulzura, su dicha, a continuar, y mis dedos pulsaban las teclas de forma acelerada, como si alguien me persiguiera, hasta que el péndulo del reloj de pared tocaba su antigua musiquilla clásica de las doce en punto.

En mi época de estudiante fui un ávido lector, desde los tempranos grados de la secundaria. Empecé con las recordadas *coboyadas* del antiguo oeste, hasta que conocí la envolvente lectura de los clásicos de la literatura de famosos escritores, en especial los hispanoamericanos y los rusos. García Márquez fue, sin duda, mi autor favorito, pero *La guerra del fin del mundo* de Mario Vargas Llosa terminó por despertar mi pasión escondida por los libros, a pesar de que en aquella época no había conocido a plenitud la magia literaria de Jorge Luis Borges, el maestro inmortal.

Esta modesta historia fue escrita en dos tiempos diferentes, muy distantes entre sí, tanto que siento como si existiera todo un abismo entre ellos, y casi tirados al olvido, porque la escribí al estar por culminar el siglo XX. Veinte años después la volví a revisar y a argumentar, añadiendo ciertas historias y descubriendo mis viejos errores en manuscritos empolvados por el tiempo, porque mis tareas empresariales me distraían y no me permitían escribir con aquel entusiasmo e inspiración de un escritor dedicado a su tarea con plenitud.

Invito a mis lectores a seguir mi relato porque de seguro hay miles de historias similares a la mía con la cual ustedes se pueden identificar.

Corría un jueves quince de marzo de 1990 en la brutal y a la vez esperanzadora ciudad llamada Lima. Era un lugar que arrastraba secretos ancestrales de horrores y alegrías desde la época de la colonia española, que, con el paso de los siglos, fue tejiendo infortunios, tristezas, desolaciones, consuelos, y algo de felicidades tiradas esporádicamente por jirones, hasta convertirse, después de casi quinientos años, en una inmensa metrópoli alargada y estirada por el caos. De ser ciudad de los reyes a ser un cúmulo de barriadas perturbadas por el desorden, que luchan y se esfuerzan para ser parte de ella a como dé lugar.

Mi hermano y yo, inmersos en ese nuevo mundo, estábamos enloquecidos con nuestro sagrado proyecto de formar una inquebrantable y sólida sociedad. Fue esa inolvidable, sublime y loca idea que compartimos la que nos mantuvo unidos, llenos siempre de un entusiasmo sin límites, mientras allá afuera se respiraba un clima de depresión, angustia, miseria y hambre.

Vivíamos, como la gran mayoría de migrantes serranos, acomodados a la fuerza en la gran capital del Perú, en un desconsolado departamentito en el que se cortaba el abastecimiento del agua y de la luz casi todos los días, padeciendo múltiples necesidades familiares. En verdad Lima era caótica en esos tiempos, no solo por el tráfico, sino también por sus buses viejos y malolientes que escupían en las calles ese humo denso y asfixiante, el cual se confundía con otros tantos olores no menos escandalosos, en donde los usuarios, como sombras, se desplazaban ahogados por esos múltiples hedores a mierda.

Nosotros éramos parte de ese caos en ese entonces. Meses antes de ser socios, trabajamos cada uno por su lado, en duras jornadas de ventas y agotadoras travesías de idas y vueltas, transportados como salchichas en medio del demencial tráfico, que parecía llegar a la cúspide en horas punta, donde se entreveraba la más heterogénea faena: civiles y militares; estudiantes universitarios demudados por el fastidio, llevando a cuestas abultados libros académicos; colegiales aferrados a sus mochilas; profesionales y obreros... el lugar perfecto en donde las mujercitas eran agredidas conchudamente por enfermos sexuales como si fuese una costumbre normalizada por una sociedad que no se atrevía a decir nada al respecto.

Al llegar a casa, nos pusimos a contar nuestras ganancias después de revender al por mayor, en los diferentes puestos de mercados de abastos de los abultados distritos del cono norte de Lima, los productos que nos daban de comer. Ya éramos mayoristas, en una mínima escala, de sazonadores de diferentes marcas y calidades para las comidas. Empezamos con un escasísimo capital que se podía cargar al hombro, subiendo al bus y distribuyendo. A pesar de todo, no nos iba mal. Después de dos meses de sana competencia, en donde cada uno ganaba lo suyo, nos dimos con la grata sorpresa de que habíamos juntado un capital decente y, sobre todo, digno, a punta de empeño y sudor.

Recuerdo que todos estaban reunidos, como siempre por las noches, en la apretujada salita alrededor del único televisor que servía de distracción nocturna y que parecía alimentar de telenovelas el alma de mi amplia familia, para disimular con ilusión la vida capitalina. Era sorprendente ver cómo devoraban, ávidos, los pobres programas que parecía tenerlos adormecidos y drogados a tal punto que a veces ni se podía dialogar entre nosotros.

Le hice, entonces, señas a mi hermano menor, de nombre Orlando, y salimos a otro ambiente donde compartíamos el dormitorio. Yo tenía una gran idea de negocio para ser puesta sobre el tapete, pero antes de poder hablarle él se me adelantó para hacerme las clásicas preguntas después de cada jornada de ventas:

—Y, ¿cuánto has vendido hoy? —me interrogó.

—¡Vendí cien nuevos soles! —le respondí con mucha alegría—. ¿Y tú? —pregunté sabiendo que, si yo ganaba, él también lo hacía siempre.

—¡Bah...! ¿Tan poquito? Yo sí rayé... ¡Volví con nada de mercadería! —me contestó, desatando su felicidad.

Fue en ese momento mágico que le propuse mi soñado proyecto de fabricación de calzados y sandalias. Todo un reto, en realidad, en medio de un mercado incierto, desolador y chicha, ya que sufríamos la brutal inflación del primer gobierno de Alan García Pérez. Al instante el semblante de mi hermano menor se iluminó de esperanza, como si él también estuviera esperando lo mismo desde hace mucho tiempo, y se fue alterando de emoción hasta brillarle los ojos.

Hicimos un pacto de palabra, más eterno que un simpe y conflictivo documento legal, llevados por la fraternidad amorosa sin par que nos teníamos. Al unisonó, gritamos sin pestañear siquiera nuestro acuerdo sagrado: «¡¡mitad y mitad!!». Y sellamos el pacto con un apretón de manos que ni siquiera un buen juez puede consolidar con garantía plena.

—¡Hagámoslo...! Pero, ¡¡ya!! —me arengó como si estuviera en batalla y me hizo sentir muy feliz, demasiado, diría yo.

A la mañana siguiente, como socios consolidados, unimos capital y nos pusimos a trabajar para emprender la tarea. Programamos teóricamente la futura empresa en medio de gestos furtivos de escuchantes burlones y sin fe.

La efervescencia política de las elecciones generales se respiraba hasta en los micros, que eran los únicos medios que proporcionaban encuestas reales entre la población. Ese fenómeno de descongelamiento social solo se producía en la recta final de los comicios generales. La gente se hablaba como si se conocieran y compartían sus puntos de vista políticos con fervor religioso. Las tendencias políticas saltaban a la superficie callejera, enmarcadas en nuestra pobre democracia peruana, la cual respiraba a duras penas por pobladores desconsolados por las mentiras de sus gobernantes y el terror que sembraban los terroristas por las calles de Lima.

Nosotros, que íbamos colgados de las barras que servían de sostén a los pasajeros, apenas los tomábamos en cuenta porque nuestro diálogo era, sin lugar a dudas, mucho más interesante, ya que nos desbordábamos de ideas futuristas.

—Lo primero que debemos hacer es conseguir un motor de un caballo de fuerza, luego los moldes, las chavetas, una mesa amplia, marcadores, lijadoras y otras herramientas que averiguaremos en el mercado de Caquetá —le decía a mi joven hermano, quien me escuchaba atento.

El chofer, taciturno, movía la larga palanca de cambios con un movimiento mecánico y cansado, mientras que el cobrador, lleno de trastos viejos y desteñidos, se desgaritaba llamando a voz en cuello a los clientes en una peligrosa posición al borde de la puerta.

—¡Baja en el Parque del Trabajo! —le comunicamos al histérico cobrador.

Cruzamos la pista con cuidado y llegamos a nuestro destino. Era una calle tomada a la fuerza por los ambulantes: vendedores de toda clase que proveían variedad de insumos para la industria del calzado y afines. Todos desperdigados en apretados puestos de venta en el más absoluto desorden, donde tirios y troyanos se ponían de acuerdo para no ceder espacio a nadie más. En su victoriosa lucha por apoderarse del bien público se habían adueñado de la pista de manera desesperada e impedían la circulación de los vehículos, todo para exhibir sus productos, siempre sobre provisionales carretas. Esto, claro, por si las moscas, si llegaban los municipales y tenían que recoger todo y salir volando.

Inhalando olores a pegamentos diversos, cueros, materiales sintéticos como: microporosos, plásticos, telas y un sinfín de productos, recorrimos absortos el extraño mundo del comercio ambulante, tratando de ubicar lo que buscábamos con ahínco. Alguien, atento a nuestra necesidad, nos tomó por sorpresa y nos preguntó:

—¿Qué buscan, muchachos? Que para eso soy muy bueno.

Luego de proporcionarle a nuestro improvisado socorrista una lista de lo que consideramos más importante, fuimos llevados ante otro vendedor ambulante. Este, quemado por el sol de verano en la inclemencia de su puesto, nos sacó todas las muestras que buscábamos en un santiamén, como por arte de magia.

Compramos todo con prontitud y sin pedir rebaja, emocionados con nuestro hallazgo. Fue él, además, quien, con destreza y profesionalismo de vendedor callejero, nos proporcionó valiosísima información sobre cómo y de qué manera se debe producir calzado, adulándonos para ganarse nuestra simpatía.

Con nuestro tesoro bajo el brazo tomamos un taxi de carga. Era casi una chatarra, a decir verdad, porque fue imposible encontrar otro más decente. Y entonces partimos de regreso a casa, eufóricos de alegría.

La curiosidad de nuestros vecinos y conocidos no se hizo esperar. Por ahí no faltó un curioso atrevido que empezó a murmurar su desahogo:

—¿Qué diablos son esas cosas que están trayendo?

Nosotros, mismos políticos en huida, no le bridamos respuesta alguna y apuramos el traslado al interior del departamento que, menos mal, se ubicaba en el primer piso.

Una vez en el interior las cosas se pusieron feas, pues el chisme exigía respuestas inmediatas y sin preámbulos por parte de nuestros familiares, los cuales nos miraban con estupor y sorpresa.

Me puse al frente de mi hermano y, con calma y serenidad, les expliqué que eran herramientas para fabricar de manera artesanal calzados y sandalias. Las risas no se hicieron esperar, combinadas con expresiones de compasión, y nos tocó escuchar opiniones sin entusiasmo:

—Pero, ¿cómo? Si no hay espacio aquí y además no tienen los conocimientos necesarios para fabricar estos productos. Esto requiere de maquinarias apropiadas y de seguro también de técnicas profesionales.

Tenían razón. En realidad, no sabíamos por dónde ni cómo empezar, pero me armé de valor y les contesté con un extraño garbo motivado:

—No se preocupen, encontraremos el modo y la manera —lo dije con pasión, convencido y firme.

Mi buen padre, no muy seguro, intentó entendernos y, tal vez, apoyarnos moralmente, motivado en su fibra de buen soñador y gran constructor de castillos de humo, así que su semblante se iluminó y creyó por una noche. Pero al día siguiente su entusiasmo se había desmoronado, como era su costumbre desde que tuve uso de razón, así que no me sorprendió cuando me llamó a un lado y me habló muy triste.

—Hijo, creo que no es una buena idea lo que se proponen hacer. No veo la forma, hijo mío —dijo con todo el desconsuelo que la vida te marca.

Yo atiné a tocarle el hombro con suavidad y le aseguré que mis sueños no se desbaratan con tanta facilidad, y que mi lucha sería feroz y tenaz, cueste lo que cueste.

Más adelante logramos convencer al dueño de la casa para que nos arrendase su azotea y allí construimos, de emergencia, un ambiente para instalar nuestras herramientas de trabajo. El primer paso se había concluido con éxito, y como se acostumbra a decir después de una pequeña victoria: a Dios gracias.

Arriesgamos el todo por el todo, empleando nuestro pequeño capital en la compra de materiales e insumos necesarios, y nos atrevimos a empezar una inmensa tarea: crear, prácticamente, nuestro propio estilo de fabricación, tomando como modelos patrones dibujados proporcionados por el sabio vendedor de Caquetá que nos fue desglosando secretos industriales por un poco de dinero. Y así logramos reunir y armar de a poco las técnicas de los viejos fabricantes de Lima.

Marzo ya se iba y, con él, los suspiros playeros. El sol se iba ocultando cada vez más en la densa neblina que oscurecía la capital, mientras sus habitantes se resignaban de nuevo al frío húmedo limeño.

Siendo sinceros, nuestro primer lote fue desastroso y en eso no tuvieron que ver los consejos del vendedor ambulante, que eran en realidad muy acertados, sino que fue por nuestra falta de experiencia en la materia. Las sandalias estaban chuecas, deformes, mal acabadas, pero a pesar de ello, para nosotros fue un éxito porque logramos formar el primer par y nos pareció bello, fascinante, esperanzador. Gozamos ese momento como si hubiésemos parido un hijo. Lo mostramos con orgullo a quien fuera y nos motivó a seguir adelante, infatigables. Trabajábamos sin licencia, a escondidas, desde muy temprano hasta altas horas de la noche, durante semanas, hasta que logramos juntar una cantidad aceptable para su venta al por mayor, pues era nuestro estilo: apuntar en alto, siempre.

Recuerdo hasta el día de hoy cuando encendimos el motorcito de un caballo de fuerza que hacía un sinnúmero de tareas, utilizándose para perforar, lijar, rebanar, afilar, etc. Su zumbido y movimiento quedaron grabados en mi memoria, y aquella máquina, por más cursi que parezca, me persigue hasta en mis sueños dorados, inmortalizada en mis recuerdos.

Con una economía inestable y peligrosa, nos lanzamos al ruedo del mercado capitalino a ofrecer nuestros primitivos productos en las distribuidoras de las galerías más populares de clase media y baja en el centro de Lima. Pero apenas los mostrábamos, éramos rechazados con burlas. Luego tentamos a vender a los minoristas que ofrecían sus productos en las tiendas, aunque sea por docenas, pero también nos desecharon. Fuimos a los ambulantes que pululaban en el mercado central y ofrecieron comprarnos, pero a precio de remate. Les confieso que fue decepcionante y eso nos bajoneó sobremanera, pero no mató nuestro entusiasmo que seguía en pie, a pesar de la primera derrota. Así que le propuse otra alternativa a mi triste hermano, quien me miraba con cierta desazón.

—¡Normal compare, aquí no nos darán bola, pero sí en provincias! ¡Ya verás! —alenté a mi querido hermano y su respuesta no se hizo esperar.

—Pues bien, mañana mismo te embarco. Además, por ahí sácalo a buen precio —lo dijo resuelto y muy convencido.

Empaquetamos todo lo producido en costales de plástico y salimos rumbo al centro de Lima, donde se ubicaban todas las agencias de transporte interprovincial que se dirigían al centro del país. Nuestro taxi, cargado hasta las orejas, sorteaba una y otra vez en arriesgadas maniobras en medio del tortuoso tráfico y el bullicio ensordecedor de bocinas enloquecidas. Cuando llegamos al fin, al pobre taxista le ardía la cara por la rabia, tratando de imponer reglas de conducción mínimas a sus colegas. Estos lo mandaban al carajo cada vez que se sentían aludidos y, frescos como lechugas, lo sobrepasaban mirándolo con desprecio.

Para colmo de los malos ratos, el ayudante cargador del bus miró con codicia nuestros bultos apiñados y nos dijo, sabedor de su estrategia, que eran demasiados para un solo pasajero y que, además, sus bodegas eran estrechas y tan solo podía llevar la mitad de los paquetes. Nosotros éramos jóvenes e inexpertos, no supimos qué hacer en esos momentos.

—Ofrécele dinero extra —nos sopló un experimentado viajero al percatarse de nuestro estupor.

Su consejo tuvo un efecto inmediato y muy práctico, porque el auxiliar del bus lo ubicó todo en un santiamén y, aun así, sobró espacio en sus bodegas.

—Te llamaré para tenerte informado —le dije a mi fraterno aliado, inspirándole confianza y seguridad al momento de despedirme.

Me deseó buena suerte y partí a la ciudad de Huánuco a las 8:30 p.m. en una empresa medio informal llamada Transmar. Recorrimos la carretera central en una noche oscura y fría, cruzamos cerros y más cerros atravesando alturas y nevados a más de cuatro mil metros sobre el nivel del mar. La gélida temperatura se colaba por las ventanas, entumeciendo los huesos, y solo el incesante sonido del motor del bus parecía protegernos, mientras unas luminarias blancas de los glaciares se reflejaban al borde de la pista negra.

Pregunté a mi compañero de asiento dónde nos encontrábamos y él me dijo que estábamos atravesando el famoso Ticlio, rumbo a La Oroya, cuyas cercanas cumbres lucían desnudas y rocosas. Después nos tocó pasar por la larguísima y cruel pampa de Junín, donde el frío se hizo mucho más intenso y con el dolor de cabeza a cuestas, más el cansancio, me quedé helado y dormido, soñando pesadillas intermitentes, bruscas y malvadas.

A las 5.30 a.m. me despertó la fuerte bocina del bus, que anunciaba su llegada para que le abrieran el alto portón de la entrada al terminal de la agencia de Huánuco.

—¡Servidos, señores! —gritó el diestro conductor, satisfecho de haber cumplido con su deber y, a la vez, complacido de su buen viaje sin problemas.

Al descender del bus aún estaba aturdido y zombi. Los taxistas se amanecían en espera de su recompensa, y ofrecían sus servicios a gritos; cuando vieron mi cargamento se asustaron. Un muchacho escuálido se me acercó decidido y me convenció de que lo mejor era que trasladara mi equipaje en su carretilla porque tenía muchas ventajas, entre ellas que era más barato y que, además, me ayudaría a subirla sin recargo alguno, sin importar qué tan alto o bajo estuviera el piso del hospedaje que elegiría.

Las calles del centro de esta hermosa ciudad huanuqueña eran estrechas, perfiladas con el estilo colonial tradicional, cuyas construcciones eran testigos mudos de la conquista española. Pequeña, plana y primaveral, y en su plaza principal emergían centenarios árboles de gigantes raíces, arrugados de viejos, pero aún coposos, robustos y fenomenales. Eran los mudos testigos de acontecimientos felices y desgraciados. Los techos de las casas eran de teja roja, en su mayoría, con sus paredes emblanquecidas miles de veces al tratar de detener el tiempo transcurrido, para, tal vez, ocultar sus vergüenzas acumuladas.

El administrador del hotel fue muy cordial y me instaló en un ambiente apropiado para darme facilidad en la actividad que pretendía realizar. Después de darme un merecido duchazo, salí a recorrer las tiendas y el mercado más importante de la ciudad para ubicar a mis posibles compradores. Regresé al hospedaje y escogí de muestra los pares de sandalias menos defectuosos posibles. Respiré hondo e inicié mi labor con la fe por las nubes.

Cuando los tenderos ven que eres nuevo en el lugar, la mayoría no se fía de ti y te observan con recelo; sin embargo, otros son oportunistas que muestran enfado para darte miedo. Algunos de ellos fueron secos y mezquinos, otros corteses y preguntones; estos son los primeros clientes con quienes uno debe lidiar.

—¿Cuánto? —me dijo un expendedor. Mi ser se envalentonó y le solté el precio sin pudor.

Era muy joven en aquella época, apenas si había cumplido los veinticuatro años, y me pareció que mi edad me jugaba en contra. Me miró de pies a cabeza, como estudiándome, y algo llamaría su atención porque de manera brusca dejó de atender, me pidió los modelos y los revisó con detenimiento, causándome angustia. Rezongando un poco, me volvió a preguntar:

—¿Tienes toda la serie?

Desbordante de alegría, le dije que sí y me encaminé al hotel para venderlo todo, hasta el prototipo. A última hora me pidió rebaja tras notar mi entusiasmo. Luego, con amabilidad, me confesó que tuve suerte, y deseándome feliz retorno me encargó una nueva remesa para la siguiente quincena. Imagínense ustedes la alegría que llevaba dentro al ser mi primera venta, al contado y sin reclamo alguno.

Sentí algo extraño producto de mi éxito: comencé a saborear la ciudad, gozándola, amándola, agradeciéndole y la vi, de verdad, acogedoramente hermosa. Me dirigí al banco para hacer el depósito respectivo y luego de ello me fui corriendo a buscar un teléfono público para comunicarme con mi socio, ya que en ese entonces aún no había celulares en el Perú.

—¡Lo vendí todo, hermano! ¡Todo, y en un solo día!

Del otro lado de la línea del teléfono se dejó escuchar la voz trémula de mi feliz compañero de aventuras.

—¿¡A cuánto la docena!?

—Al precio que pretendíamos y alguito más —le respondí empoderado y luego me alisté para volver.

—¿Se va? ¿Tan pronto? Tal parece que Huánuco lo trató muy bien —se despedía el empático hotelero. Asentí con jovialidad, prometiéndole que muy pronto estaría de regreso.

A la misma hora de la noche anterior partí de regreso. La primera batalla psicológica y real se había ganado, lo que para muchos pareció utópico y descabellado, dando un giro de ciento ochenta grados en nuestros conocidos más cercanos, quienes cambiaron notoriamente su conducta hostil y desconfiada. Mi padre no cabía en su alegría y nosotros, fortalecidos, enorgullecidos, confiados y felices, reiniciamos nuestra producción con más cuidado, aprendiendo de los errores.

En vísperas de la segunda vuelta electoral para elegir a un nuevo mandatario, la carrera final se ponía cada vez más agresiva. El tema salía a flote en cualquier momento, en cualquier circunstancia, haciéndose inevitable opinar al respecto.

—¿Y por quién va a votar? —me preguntó mi cliente huanuqueño.

En esa situación, aun teniendo clara mi preferencia, tartamudeé tratando de adivinar lo que pensaba mi interlocutor para no caer en rivalidad. Pero la situación exigía una respuesta inmediata.

—Todos los políticos nos tienen acostumbrados a lo mismo de siempre, pero parece que ahora existe una alternativa diferente, ¿verdad? —le dije, tratando de adivinar lo que pensaba.

—¡Claro, el Chino! —me contestó eufórico, sorprendiéndome. Luego me retuvo casi toda la mañana, dando rienda suelta a su pasión gobiernista.

Cuando al fin fui liberado por el mercader, me encaminé casi convencido de sus elocuencias políticas rumbo a un restaurante con vista panorámica a la plaza de armas para disfrutar de mi almuerzo, en cuyo cartelón se anunciaban suculentos menús. Era domingo y la población, en su mayoría, salía a las calles y se concentraban en la plaza después de misa para dar vueltas y más vueltas, cuchicheando sus intereses, enfrascados en el chisme infaltable, en ese vaivén placentero del anda, corre, ve y dile.

Permanecí tres días en la ciudad, en obligada espera para darle tiempo de pagar a mi amable negociador. Los vientos corrían turbulentos a partir del mediodía y dejaban estelas de polvo que no solo se metían a los ojos sino hasta las profundidades más escondidas de las casas aledañas.

Las féminas se veían pálidas como manzanas amarillas, dulces y suaves en su trato; en cambio, los varones lucían celosos y esquivos.

Cumplido el trato, retorné a Lima y me empeñé en buscar nuevos métodos de producción para mejorar el producto que empezaba a sufrir las críticas esperadas. Nuestro amigo, el ambulante de Caquetá, nos ayudó en la teoría, pero en la práctica la cosa era distinta y la experiencia era valiosísima, así que recurrimos a diversos lugares tratando de recibir mayor información, pero solo encontramos recelo, egoísmo y envidia. Aun así, fuimos recopilando secretos y técnicas de fabricación, malogrando productos en el camino, pero mejorando de a poco el acabado gracias a nuestra inquebrantable perseverancia.

Una mañana, mientras trabajábamos a toda máquina, nos recordaron que había llegado el momento de ir a sufragar. Paralizamos las troqueladoras en seco y, echándonos una peinadita veloz, nos encaminamos a los lugares de votación. A mi hermano no le gustó porque él era fanático de su trabajo y dejarlo significaba una pérdida de tiempo.

—¡Vamos, es una obligación cívica! —le dije, porque para él era su primera vez, dado que cumplía, recién, dieciocho años y estaba habilitado para sufragar—. Tal vez elijamos a un buen patriota.

Los helicópteros volaban bajo, atentos a cualquier desorden, buscando como aves de rapiña a posibles sediciosos, y sin poder evitar atemorizar a la población en su afán de estabilizar el clima político del país. Las colas en los centros de votación eran inmensas y los nervios de los votantes se hacían notar a flor de piel. En nuestra cola había ciudadanos que arengaban y orientaban a los desorientados y dudosos sufragantes, los animaban a dar su voto a su candidato preferido.

—¡Todos por el Chino, aquellos son disciplinados y triunfadores! —decía uno convencido de sus palabras, pero casi al instante se encontró con su opositor, que de igual manera empezó a gritar.

—¡No, ese no es peruano! ¡No pierdan la gran oportunidad de elegir al excelentísimo candidato y embajador de la literatura peruana… el gran Mario Vargas Llosa!

Pasó la tarde y la muchedumbre iba y venía alborotada, como si sus esperanzas de vida estuviesen en las manos del elegido. Las televisoras captaron la atención del día, jugándose, cada quien, por su candidato favorito, preparándose para celebrar. Pero antes del minuto final las caras de algunos de ellos lucían demacradas con la tristeza en el alma, haciendo notables esfuerzos por disimular, pero evidenciando al televidente el fracaso de su favorito. A las cinco en punto, pasado el meridiano, hora permitida por el Jurado Nacional de Elecciones, se dio el esperadísimo resultado a boca de urna y el pueblo peruano conoció al ganador de la contienda: el Chino, desplazando a un gran hombre que se la jugó por el país.

El 28 de julio de 1990 tomó las riendas del poder el nuevo y risueño presidente del Perú, el señor Alberto Fujimori, alias el Chino, anunciando cambios radicales.

Nosotros, amparados por la promesa del *no shock*, no tomamos previsiones y nuestra pequeña empresa sufrió su primera derrota al lanzarnos confiados al mercado en su tercer viaje a mi plaza preferida, experimentando un cambio espantoso, brutal, depresivo, humillante, despiadado, impotente. La noche anterior al fatídico día, el flamante ministro de economía y premier del gobierno de turno, el ingeniero Juan Carlos Hurtado Miller, anunció en un mensaje a la nación el *sí shock* con unas palabras finales que se quedaron grabadas en la historia económica del Perú: «¡¡y que Dios nos ayude!!»

A la mañana siguiente, la atmósfera local era la de un cementerio. Nadie salió a comprar ni a vender. Aturdidos, estupefactos, incrédulos, todos permanecieron en el interior de sus casas para guarecerse del impacto. Era otro golpe mortal para el mendigante pueblo del Perú que a duras penas llevaba pan a su hogar cada día y hasta aquellas pequeñas migajas le fueron arrebatadas sin compasión, dejándolo en una espantosa desolación.

Yo me atreví a caminar por las solitarias calles de Huánuco con las manos metidas en los bolsillos, pensativo, dubitativo, ensimismado, herido. Una llorosa mujer pasó desesperada sin rumbo alguno, perdiéndose en una esquina, y apenas ella desapareció se asomó un grupo protestante con claros mensajes apocalípticos, con caras pálidas y perdidas, anunciando el fin del mundo.

Yo había logrado cobrar el día anterior al *shock*, pero no me dio la tarde para hacer el depósito bancario y girarlo a Lima para comprar los materiales de producción a tiempo. Pretendía viajar con urgencia creyendo en algún milagro, pero las agencias de viaje también habían cerrado sus puertas al público, no sabiendo qué explicaciones dar a los viajeros que cancelaron su rutina para ese día. Alrededor del mediodía, el hambre me empezó a apurar y me encaminé a buscar algún restaurante abierto, pero no lo encontré en ninguna parte. No había taxis ni buses locales, ni triciclos, ni nada, así que recorrí a pie el polvoriento pueblo en busca de alguna tiendecita y encontré un bodeguero que se atrevió a venderme una galleta cuyo precio había subido por las nubes, lo que acabó por derrumbar mi moral.

Por la tarde la gente poco a poco empezó a salir resignada a su suerte. No sabían a ciencia cierta qué hacer ni decir. Era un pueblo de zombis enmudecidos, fantasmales. Una que otra tienda, pasadas las cuatro de la tarde, empezó a abrir sus puertas con timidez, pero las tuvieron que cerrar con apuros porque una turba de enloquecidos y encolerizados vecinos se les vinieron encima como irracionales bestias, mostrando las uñas y los dientes, logrando asaltar, a punta de hambre y desesperación, no solo las pequeñas bodegas sino el mercado de abastos de la ciudad y negocios cercanos que no pudieron cerrar a tiempo. Iniciado el caos social, llegó la policía para poner orden.

Tuve pesadillas relacionadas con el hambre y la desolación. Traté de librarme de mis sueños espantosos, hasta que al fin amaneció dando cabida a un nuevo día y a una nueva realidad que se tenía que afrontar. Apenas pude corrí a comprar mi pasaje de vuelta, cuyo precio era de locos, y cuando llegué a Lima encontré a mi socio y a mi familia alterados por completo.

Con nuestro devaluado capital de trabajo solo logramos comprar cinco planchas de material microporoso, apenas para recomenzar de nuevo, tercos en nuestro proyecto. Detuvimos nuestra producción por unas semanas, hasta que la nueva normalidad se asentó en las mentes de los valerosos peruanos, que resistieron con estoicismo el brutal paquete económico que nos impusieron, lamentando las muertes de niños y ancianos que no lograron sobrevivir, consumidos por el hambre.

Aventurándonos a nuevos y peligrosos horizontes, con el supremo fin de recuperar nuestro dinero perdido, nos atrevimos a viajar al creciente pueblo de Tocache una tarde de febrero del siguiente año del *shock*, esperanzados en duplicar nuestro capital ridiculizado. Ese poblado fue famoso por un corto tiempo por su mutante cambio al margen de la ley, de ser desconocido y abandonado, a pujante, moderno e imperioso. De tener casas que hacía poco tiempo atrás eran chozas aisladas, desperdigadas, solitarias y pobres, se transformó, ya en sus años mozos, en un bullicioso e inquietante almacén de gente que llegó de todas partes del mundo para probar fortuna. Sus habitantes eran alegres y bulliciosos, afiebrados por el oro blanco que ganaban con facilidad, y en sus locas borracheras tiraban el dinero al aire como si fuesen papeles inútiles desechados al viento, sin importarles su valor o su pérdida, e incluso se daban el lujo de limpiarse el poto con este a falta de papel. Su vanidad de vida era tal que pensaron en fundar una nación a espaldas del Estado y creyeron que su riqueza no se iba a acabar jamás.

Había muchos extranjeros, en especial los colombianos, que eran quienes proporcionaban los dólares traídos de las arcas de Pablo Escobar para comprar la droga que Tocache producía en grandes extensiones de terrenos en las faldas de sus montañas, a orillas del río Huallaga. Con ello atrajeron a bancos muy poderosos y conocidos que se instalaron con comodidad para lavar activos con gran desparpajo. También se fundaron hoteles, pollerías, emisoras, burdeles y bares de escándalos, en donde sus mozas se prostituían para servir las mesas y abrir las piernas al mejor postor.

Su calle principal, abarrotada de gente, parecía el jirón de la Unión del centro de Lima, donde se mezclaban los mercachifles y los cambistas de dólares con las discotecas chillantes, cuyos sonidos inundaban las casas sin que nadie se salvara de pegar un ojo los fines de semana. Su fama era tal que había llegado a los oídos del mundo y hasta le habían compuesto una canción limeña en su honor.

Con nuestra mercadería a cuestas, nos dirigimos a la selva siguiendo el estruendo de las noticias de aquel lejano pueblo embarcados en un bus que circulaba veloz, sorteando curvas y codos de la carretera Marginal de la Selva, construida durante el primer y segundo gobierno del arquitecto Fernando Belaunde Terry. Los faros potentes del largo ómnibus alumbraban los peñascos verdes de tupida vegetación bajo una lluvia intensa que parecía que nos seguía por horas, burlándose de nosotros.

En la madrugada, la maquina rodante saltaba, dando tumbos, sobrepasando montículos de tierra que el agua arrastraba como pequeños huaicos que se acumulaban sobre la pista, dando frenadas violentas e improvisadas que parecían que iban a arrancarnos de nuestros asientos en cualquier momento. Los parabrisas no tuvieron descanso alguno y seguían moviéndose feroces de abajo hacia arriba sobre el vidrio frontal que resistía al inclemente tiempo que nos perseguía a medida que avanzábamos.

El tenue amanecer llegó justo a tiempo para visualizar la simpática ciudad de Tingo María, cuna de La bella durmiente, a la cual complacía verla dormir por siempre sobre los perfiles de las montañas boscosas que se ubicaban al frente del horizonte del pueblo.

La selva del Perú me pareció mágica, encantadora, atrayente e hipnotizadora, y sus mañanas espectaculares, llenas de cantos sin fin de aves de graciosos colores que volaban en grandes cantidades sobre el verdor de los árboles de todo tamaño y grosor.

También nos pilló el control policial, pues subieron unos agentes uniformados mostrando sus rostros perversos de sueño, mirando con ahínco a cada uno, mientras revisaban nuestros documentos. Desayunamos por ahí, en un restaurante al borde de la carretera donde la agencia tenía sus acuerdos. Después de estirar las piernas e ir al baño, continuamos con el viaje.

—¿Cuánto tiempo falta para llegar desde aquí? —me preguntó, de repente, mi hermano menor.

—No estoy seguro, pero creo que ocho horas, aproximadamente.

Al poco rato observamos con estupor que las pistas estaban pintadas de rojo sangre con lemas a Mao, Lenin, Marx y al presidente Gonzalo, quien era el cabecilla sanguinario del movimiento revolucionario Sendero Luminoso, llamado Abimael Guzmán Reynoso. Desde aquel momento no pararon los escritos permanentes como si fuesen paneles publicitarios, porque se seguía leyendo sobre las fachadas humildes de las casas: «¡viva el movimiento armado!», «¡mueran los soplones!», «¡abajo el gobierno central!», «¡no al revisionismo!». El símbolo macabro de la hoz y el martillo acompañaba los escritos, dándoles un aura de terror y muerte, jugando con el contraste del verdor de la vida que la selva nos proporcionaba.

A lo lejos se veían hermosas pampas llenas de vacunos que pacían calmados, ajenos a los problemas del habitante selvático que tenía que padecer los embates de una guerra sin cuartel que odiaba porque era obligado a ser cómplice de ambos bandos para no sucumbir. Su situación era tan delicada que pendía de un hilo, de acuerdo con las circunstancias, y se veía obligado a pactar con Dios y con el diablo porque su posición era tan delicada que sus vidas estaban entre la espada y la pared en todo momento.

Pasó una hora y media de trayecto cuando el bus bajó su velocidad habitual con brusquedad, haciéndonos saltar de nuestros asientos, producto de un desnivel del camino hecho a propósito. Al fijarnos, descubrimos que la pista había sido cortada de monte a monte, de medio metro de ancho y cada cincuenta metros más o menos, y por espacio de dos horas, volviéndose el trayecto pesado y muy lento. Tarea de Sendero Luminoso, sin duda.

Vimos quedarse atrás poblados pobres al margen de la carretera, con habitantes recelosos y cohibidos. Cerca del mediodía nos encontramos con una cola de carros que esperaban su turno para cruzar un río que aumentaba su volumen en épocas de invierno y lo hacía peligroso, ya que un hermoso puente color naranja había sido dinamitado por la guerrilla.

Alcanzamos el otro lado de la pista, dando tumbos violentos y desde allí me quedé secamente dormido hasta que el chasquido interminable de ráfagas de metralleta me despertó. Surgieron del monte un grupo de guerrilleros que nos detuvieron en nombre de su presidente Gonzalo.

—¡Tírense debajo de sus asientos, de inmediato! —nos previno el chofer.

—¡Jesús, María y José! —gritaron las mujeres llenas de miedo y terror.

El tiroteo continuó sin cesar y era cada vez más intenso, creímos que los disparos estaban haciendo añicos al autobús, pero, en realidad, luego de un largo rato nos dimos cuenta de que se trataba de un enfrentamiento con los militares. No tuvimos idea del tiempo que duró el combate que se libraba delante de nuestras narices, hasta que de pronto se calmó y escuchamos una potente voz que decía:

—¡Muy pronto tomaremos Lima, carajo!

A escasos minutos de pronunciar esas temerosas palabras, subieron al bus los guerrilleros, con el rostro cubierto con pasamontañas negros que se asemejaban a las arañas. Nos ordenaron bajar del carro y formar filas. Pintaron con lujo de detalles el vehículo en que viajábamos con sus clásicos símbolos de la hoz y el martillo. Revisaron nuestros equipajes y documentos personales con rencor de guerra y se fueron a la señal del mando del grupo, desapareciendo en la espesa vegetación.

Por primera vez en mi vida sentí lo que era el terror al ver a pocos metros de distancia, en medio de la pista, a jóvenes soldados que yacían muertos en un charco de sangre que aún corría por la carretera, caliente y negra. Eran jóvenes de dieciocho años, diecinueve, veinte a lo mucho, cuyos cuerpos colgaban sobre un *jeep* teñido de rojo, segados con violencia de la vida. Dos soldados casi habían alcanzado la orilla del monte para huir, pero la crueldad no se los había permitido y lucían pétreos con la mirada congelada de miedo en su angustia por querer vivir. El escenario era cruel y macabro. Nadie se atrevió a hablar ni a comentar cuando conseguimos seguir nuestro destino.

Aún no me recuperaba del fuerte impacto que me causó aquella desgracia, cuando sentí que mi hermano me volvió a la realidad al hablarme con temor.

—Fue brutal, ¿verdad?

—Sí, demasiado para mí —le respondí a duras penas.

El conductor manejaba despacio, también sufriendo la aventura, mientras que su ayudante tuvo la feliz idea de poner un casete de música para paliar los recuerdos tristes. A un cuarto de hora de camino, se escuchó el escandaloso zumbido de un helicóptero militar dirigiéndose muy alto hacia el lugar de la matanza.

Eran las tres de la tarde y otro contratiempo nos esperaba en el trayecto: cerca de una base militar se arremolinaban soldados nerviosos. Megáfono en mano y apuntando directamente con un rifle a nuestro conductor, nos ordenaron bajar con premura a todos los ocupantes y colocarnos al borde de la pista para hacernos preguntas sobre la matanza sucedida en horas de la mañana. Nos trataron igual que los guerrilleros o peor, como a temibles delincuentes, tratando de culparnos por algo de lo que solo fuimos testigos. Nos revisaron con detenimiento, realizando un minucioso interrogatorio, escudriñando y queriendo encontrar con afán, a como dé lugar, a posibles terroristas.

Al cabo de una hora y media nos dejaron ir, no sin antes amenazar al transportista de que repintara su vehículo apenas llegase a su destino final, porque si no sería impedido de volver. Y la verdad es que me pesaba haber decidido realizar ese viaje, tan lleno de sorpresas, pero no había marcha atrás, así que intenté soportarlo.

Cuando al fin llegamos a almorzar, en un caserío selvático de nombre Madre Mía, nos comunicaron que no había pase porque un fangoso trayecto de carretera estaba inundado por tierra colorada que había arrastrado la lluvia intensa del día anterior y había formado un inmenso charco de lodo imposible de cruzar. Un sinfín de vehículos hacía fila esperando poder pasar, entre tráileres, buses, camionetas y motos, algunos de ellos con las llantas enterradas hasta el tope en aquel lodo resbaladizo y pegajoso.

Pasaron dos largos días y nadie se movía del lugar. Dormíamos en los incómodos asientos del bus con gran dificultad, porque el calor y los zancudos hacían de las suyas con nuestros cuerpos, manteniéndonos en un suplicio constante. Para colmo, una porción de comida costaba un ojo de la cara y el dinero empezó a agotarse en nuestros bolsillos. Al tercer día, el hambre empezó a mellar nuestro estómago, que bullía por dentro exigiendo lo suyo. Por la tarde ya nuestros cuerpos se sentían debilitados, producto del hambre y del azaroso agobio reinante.

Alguien nos dijo que esto podría durar una semana. Entonces empecé a averiguar con cierta desesperación si había otra alternativa de viaje. Al cabo de un buen rato, encontré al otro extremo del desastre la solución que estaba buscando, aunque para llegar hasta allí me había embarrado hasta las rodillas: hacer trasbordo de un lado a otro.

Cuando regresé le comuniqué a mi hermano, quien lucía fatal, lo importante de moverse y rápido. Aunque intentamos pedir la devolución de parte del boleto de viaje, nos lo negaron rotundamente. Pero lo más difícil en ese momento fue el equipaje que, gracias a Dios, consistía en solo dos fardos grandes, los cuales eran más que pesados, voluminosos e incómodos para sujetarlos bien. Sopesé la situación y me pareció difícil. Mi hermano intuyó mi pesar, así que me dijo muy resuelto:

—¡Se pueden cargar, no pesan mucho! ¡Caminemos!

Al principio, en efecto, se sentían hasta livianos sobre nuestras espaldas, pero a medida que avanzamos el barro pegajoso atoraba nuestros pies y los zapatos fueron reventándose a medida que dábamos pasos. Al poco rato el sendero nos fue exigiendo un mayor esfuerzo para sortear el fango. Perdimos los zapatos uno a uno y los fuimos abandonando con mucho pesar, pero no quedaba de otra. El trayecto parecía interminable, con una columna serpenteante de vehículos atorados. Nuestros hombros pedían a gritos descanso y no tuvimos más remedio que bajar los fardos, apoyándolos en las carrocerías de los camiones que formaban filas y sujetándolos con afán para que no tocasen el suelo enlodado. Y así, poco a poco, reuníamos valor e íbamos avanzando metro a metro hasta llegar, casi moribundos, cerca de la meta. Al vernos unos cobradores desde el otro lado, se apresuraron a las ganadas a salvarnos y corrieron a ayudarnos, intentando conseguir pasajeros de vuelta.

—¿A Tocache? —nos interrogaron prestos, y al confirmarlo nos arrebataron, podría decirse, los fardos de las espaldas para acomodarlos en un vehículo mediano.

—¡Un momento! ¿Cómo pagaremos el transporte? —me dijo mi alarmado hermano y aliado en voz baja.

La verdad, aquellos momentos son cruciales en la vida y había que actuar de inmediato. Me tomó unos segundos, tras los cuales le respondí resuelto:

—Lo primero es lo primero: que suban el equipaje y ya veremos.

Cuando el cobrador junto a su conductor terminaron de arreglar los paquetes, nos sorprendieron con una suma escalofriante por el cobro de los bultos, dada nuestra situación.

—El pasaje cuesta veinte dólares por cada uno, y dos pasajes más por la carga que llevan —nos comunicaron a secas y sin tapujos.

Nosotros pagamos cinco dólares desde Lima con el ochenta por ciento de trayecto, pero la realidad en ese momento era complicada y más aún cuando no teníamos ni un triste centavo en los bolsillos. Levanté la mirada hacia el cielo del atardecer y aquel ocaso rojizo de la atmósfera pareció volverse cómplice. Sin pensarlo dos veces, acepté el precio que nos impusieron, aprovechándome de aquella ventaja que, por ahora, jugaba a mi favor.

El minibús completó sus asientos vacíos y, no contento con ello, cargó también pasajeros que iban parados en los pasillos. Partimos cuando la noche nos pillaba ya. A la media hora del recorrido, el cobrador empezó a cobrar el pasaje de manera ordenada, desde adelante hacia atrás. El semblante de mi socio y hermano empalideció de pronto. Mi corazón empezó a latir con fuerza, alborotándome el pecho.

—El pasaje desde aquí cuesta menos de tres dólares —escuchamos que le reclamaban con enfado.

—¡Señora, yo le hablé bien claro antes de que subiera! ¡O me paga o se baja! —le contestó el cobrador sin vergüenza alguna.

Allí me di cuenta del verdadero dilema en el que nos habíamos metido y me tocó orar en silencio al Altísimo, mientras el cobrador venía renegando furioso hacia nuestros asientos.

—Son dos, ¿verdad? Más los sacos, serían ochenta dólares —nos dijo, mirándonos con indiferencia.

En ese momento me inundó una extraña calma, serena e impasible. Lo miré directo a los ojos y pretendí dominarlo psicológicamente. Sostuve la respiración y luego fui expulsando el aire muy despacio, mientras mis palabras fluían:

—No tengo dinero por el momento, pero apenas lleguemos te pago sin problema. Y para mayor garantía te dejo mi equipaje mientras voy a casa y regreso con el dinero —me inventé.

El cobrador se quedó petrificado y sin palabras. Nos miró con detenimiento, tratando de entender mi razón. Con un tinte de estupor y rojo de rabia, escupió las palabras.

—¿¡Qué!? ¡Nosotros somos una empresa que no tiene agencia fija en Tocache!

Mi reacción fue rápida:

—Si no vuelvo a tiempo, te quedas con los fardos y sales ganando —le respondí inalterable y con cinismo.

La propuesta jugó a favor de su ambición, y sin mediar respuesta alguna tan solo pasó a la fila siguiente.

El apuro había pasado y el viaje continuaba con una estridente música chicha que fue el marco que acompañó nuestro cansancio. Muertos de hambre, el sueño nos venció.

Casi a media hora de llegar a nuestro destino, nos detuvo la policía por cuarta vez. Como siempre, con maneras y tonos violentos para intentar de cualquier manera sacar alguna coima a falta de formalidades. Al costado de una tranquera que cruzaba la vía y debajo de un provisional techo de paja seca, lucía un oficial sentado, adusto y soberbio, que empezó a alumbrar con su potente linterna de mano directo a la cara de los pasajeros. Estos empezaron a desfilar uno a uno para mostrar sus identidades y en el proceso también les hacían preguntas capciosas con tonos carcelarios. Su fin era, a ojo de buen cubero, buscar la sinrazón para luego inducir colaboraciones económicas, o más bien dinero caliente traducido en coimas.

La carretera Marginal de la Selva todavía en esas épocas no estaba asfaltada y circulamos por trochas y huecos sin cesar. Menos mal que el conductor conocía su ruta y manejaba raudo en medio de la oscuridad de la noche, acompañado de las sombras siniestras que daban los enormes árboles que seguían al sendero. A las doce de la noche en punto vimos a lo lejos las luces esperanzadoras de Tocache, y al poco rato cruzamos un imponente puente color naranja que colgaba por encima de las aguas turbias del río Huallaga.

La alegría y la preocupación por parte nuestra hablaban solas sin emitir sonidos, porque ahora, pues, no habría mentirillas que esconder. Había llegado la hora de la verdad. Nos quedamos pegados a nuestros asientos, sin atinar a movernos, mientras todos se bajaron del minibús. Esperamos hasta el último momento crítico, donde tendríamos que enfrentarnos con el cobrador y su chofer. Y el momento llegó.

—Choches, ¿ustedes no piensan bajarse? —nos dijo el cobrador con un tono de amabilidad que me sorprendió.

Le respondí con franqueza y una mentira:

—No, es muy tarde para ir a la casa de mis tíos. Estoy seguro de que va a ser imposible que nos puedan abrir a esta hora de la noche y no quisiéramos molestar. Pero, ¿podemos dormir en su vehículo, por favor?

El hombre levantó los hombros en señal de que le daba igual y nos advirtió:

—Iremos a cenar y luego, mañana, partiremos a las seis en punto.

Luego encendieron de nuevo su carro para llevarnos rumbo a una pollería que se encontraba, al parecer, en la avenida principal donde se lucía su escandalosa publicidad con luces fosforescentes, no precisamente para invitarnos. Por primera vez en mi vida, valoré tanto un cuarto de pollo a la brasa que me dije: «algún día tendré el dinero suficiente para comerme una pollería entera hasta morir de saciedad».

Desde donde se había estacionado el vehículo, a través del vidrio de la ventana, se veía de manera clara a los obreros del carro comer con rapidez, saboreando su comida junto a una deliciosa gaseosa Inca Kola, cuyo recuerdo me lleva a preferirla casi siempre, desde entonces. Pero nuestra hambre a cuestas se acentuó más al ver cómo los despreocupados comensales se lamían las manos, chupándose hasta los huesos. Era una sensación extraña de impotencia, hasta vacía. Comprendí lo que sentían, sin lugar a dudas, los pobres, y no por accidente: el hambre a diario, donde niños y adultos mendigaban limosnas frente a los restaurantes estirando sus manos para suplicar sobras de un plato de comida.

—Será mejor no mirarlos cuando comen, hermano —le dije a mi hambriento socio, pues presentía que estaba sufriendo, porque miraba reprimiendo su deseo.

—Aunque sea los huesos debiéramos decirles que nos inviten, en vez de que los vayan a botar —me respondió. Pero yo le recordé que no contábamos con esa oportunidad porque despertaríamos sospechas de que no teníamos siquiera dónde caernos muertos.

Y es que desde el día anterior no habíamos probado bocado alguno, nuestras tripas se entrecruzaban buscando cómo alimentarse. Nuestra situación, siendo sinceros, se estaba convirtiendo en una odisea insoportable.

Al finalizar su cena nos llevaron a una calle de poca luz y nos dijeron:

—Pueden echarse a dormir en la hilera de asientos de atrás. Allí se sentirán más cómodos.

Les dimos las gracias, sorprendidos, y acto seguido imploramos al sueño para no sentir la ansiedad, que menguó nuestra debilidad.

El chasquido del arranque al motor de la máquina nos despertó, sacudiendo nuestra provisional cama apenas la luz mañanera entró a la ciudad. Encendieron su clásica musiquilla, que venía mezclada con melodías colombianas. Al poco rato, mientras calentaban su motor, nos apuraron para que descendiéramos del minibús porque ellos tenían que dar vueltas por el pueblo en busca de clientes para su retorno. Una vez fuera del vehículo, el cobrador se apresuró a bajar los dos fardos de su parrillera de carga, que se encontraba sobre el techo del mismo. Mientras que mi hermano se restregaba los ojos somnolientos aún y con los pelos alborotados, me dio un codazo suave y dijo:

—Ya nos fregamos. ¿Qué vas a hacer ahora?

—Por ahora no digas nada, solo espera —le contesté con una parca seguridad.

Cuando el cobrador terminó su tarea con los paquetes, se paró al frente de nosotros y nos dijo ceñudo:

—¿Los van a llevar al hombro? Por lo que estoy viendo, están misios, ¿verdad?

Mi cerebro se comió a mi lengua y no supe qué decir por unos instantes. Pero mi reacción, aunque tardía, fue fulminante al arriesgarlo todo y le contesté con voz trémula:

—Sí... sí.

—Les ayudo a levantar porque tenemos prisa —me insistió una vez más, dejándome pasmado.

Una vez cargados los fardos sobre nuestras espaldas, empezamos a caminar y vi que mi hermano empezó a aligerar el paso.

—¡No corras, mantente sereno hasta voltear la esquina!

Fueron momentos tensos, graves, dónde la distancia que nos separaba de aquella bendita esquina pareció una eternidad, larga y angustiante. A dos metros de llegar al codo de la calle, no aguanté más y le dije a mi desesperado hermano:

—¡Se le ha olvidado que le debemos! Al doblar a la esquina, ¡corre!

Como atletas detrás de la gloria y venciendo la debilidad por el hambre, el peso y la angustia, corrimos en nuestro afán de perdernos por las calles de Tocache.

—¡Increíble, se equivocó el abusivo! —me dijo mi compatible hermano, ya fuera de peligro.

—Lo tiene bien merecido. Pero demos gracias a Dios por su olvido —le respondí, soplando la procesión de angustia que llevaba dentro.

Preguntamos por un hotel cercano y nos dijeron que solo había hospedaje en la calle principal, a la que denominaban el jirón Comercio. Hacia allá nos dirigimos, ya más tranquilos por el momento. Pero el pánico volvió con fuerza, una vez más, cuando escuchamos una conocida voz que, luego de un silbido, nos gritó con desespero y nos produjo una sensación helada, fúnebre, petrificante:

—¡Fiuuuu, choches!

Giramos con la palidez de la muerte y miramos al cobrador con una vergüenza infinita.

—¡Chao, nos vemos! Ja, ja, ja —nos dijo, dejándonos lelos de sorpresa, que ni siquiera atinamos a corresponderle la grata despedida.

Nos instalamos en un hotel cercano, prometiéndole al recepcionista que apenas pudiéramos vender una parte de la mercancía se lo íbamos a pagar, a lo cual asintió comprensivo. Apenas nos dimos un baño que revitalizó el cuerpo y el alma me apresuré, con una docena del producto en mano, en buscar algún mercado. Según me dijeron, estos pululaban abundantes por el pueblo. Lo vendí al mejor postor al precio de feria y regresé jocoso, para llevar a mi alicaído hermano al restaurante del frente. Sin hacer las preguntas normales, pedimos lo que sea que tuvieran en sus ollas listas para ser servidos con la inmediatez que exigían nuestros estómagos vacíos. Tragamos, porque no comimos, con ningún tipo de prudencia y devoramos todo lo que había en los platos como fieras hambrientas.

Dormimos hasta las tres de la tarde de ese día, recuperando vitalidad, y luego, con la pereza de la saciedad, recorrimos aquel pueblo bullanguero, cuyo movimiento era impresionante. Además de gente de toda índole, raza y cultura, había camionetas modernas, motocicletas nuevas, usadas, grandes y pequeñas que circulaban veloces, dejando a su paso un tronar de ruidos de todo tipo que ayudaban a componer el caos de la ciudad.

Los tocachinos vivían envanecidos por el poder que les daba el dinero y se creían envidiados por los demás. Poseían un cierto porte de superioridad, seguros de que la abundancia había empezado y no moriría jamás. Por eso iniciaron una vida de lujos, vanidad y orgullo en la que despilfarraron dinero por nada y aprendieron a vivir a salto de mata, conviviendo con el peligro de la droga, el terrorismo y la mismísima muerte, que era el pan de cada día. Ni qué decir de sus noches afiebradas, cuyos bares, juegos de azar, discotecas y prostíbulos rebozaban de muchedumbres enloquecidas, hambrientas de pecado; su reino era la lujuria, el escándalo, las borracheras sin control, los abusos, la matanza y el propio infierno, dando rienda suelta a los más bajos instintos, desenfreno que iba pudriendo a la ciudad como un cáncer maloliente.

Bien nos aconsejó el hotelero que no nos alejáramos demasiado y, si era posible, nos acostáramos temprano para mayor seguridad. Claro que no le hicimos mucho caso, dada nuestra juventud curiosa y atrevida.

Tuvimos la suerte de encontrar un excelente cliente que nos compró todo lo que poseíamos, con la condición de que lo esperáramos una semana para completar el pago. Era un tipo reilón, trasparente, afable y conversador. En un santiamén nos puso al día de los chismes, costumbres y muertes que sucedían a diario en su pueblo, pero tenía una particularidad especial cuando se refería a la droga, pues decía que era la esperanza del Perú para salir de su pobreza y que, para él, no era un delito.

Con todo y eso, no veíamos la hora de volver a casa. Un domingo a las once de la mañana partimos de vuelta a Lima, al fin, con la esperanza de no regresar jamás. Esa experiencia negativa me duró en el recuerdo muchos años, con sus días y sus noches.

1992 fue un año con sorpresas políticas. Además del golpe de Estado, también fue apresado el sanguinario terrorista Abimael Reynoso, junto con las cabezas más importantes de su organización. Nuestra nimia producción continuó, apelando a toda la fuerza de voluntad posible. Nos legalizamos, es decir, pasamos de informales a formales ante los organismos del Estado y, con franqueza, fue en esas circunstancias y temporadas de sobresaltos gubernamentales que empezamos a desarrollar nuestra futura empresa, ayudados por la estabilidad económica y social que se dio inició en el Perú.

Conseguimos mejorar el acabado de los productos que fabricamos y, gracias a ello, fue posible ingresar nuestros modelos a la galería de Dos de Mayo, que era un mercado de distribución mayorista local y nacional, dirigida a segmentos de clase media y baja del Perú.

Se trabajó como nunca, ya no como un experimento, sino como una producción continua y más profesional, dejando lo mejor de nuestra pujante y fresca juventud en ella. Yo admiraba a mi hermano menor por su infatigable labor en la producción, con su idea perenne de llegar al éxito a como dé lugar. Había noches en las que se despertaba a las tres de la madrugada para cortar o perforar, con el fin de avanzar los pedidos. Su actitud me quitaba el sueño y, animado, lo ayudaba sin remedio, sorprendido por aquel deseo de superación acelerada.

Faltando un año para culminar mis estudios superiores de pedagogía en mi tierra natal, tuve que emigrar a Lima, como medio Perú, siguiendo un impulso de superación personal. Yo era un apasionado de querer hacer empresa, nacido para enfrentarme a los retos más extraños, amante de visiones difíciles, y qué mejor que Lima para lograrlo.

Mi socio fue mi motivación diaria y juntos logramos estabilizar nuestra economía, porque cuando llegó el verano tuvimos que contratar tanto a algunos miembros de nuestra familia, como a obreros para mantener a flote la pequeña pero creciente fábrica que logramos edificar.

Nos fue muy bien y el dinero de las utilidades lo invertimos en adquirir maquinaria industrial. Recuerdo cuando, dos años atrás, por primera vez, compramos una máquina de segunda mano: lo celebramos con una dicha desbordante. Un día antes de la compra, mi hermano llegó sofocado, con la pasión que lo caracterizaba, a decirme:

—¡He visto en una calle del Rímac una máquina bacán!

Apenas lo escuché y sin pensarlo dos veces fuimos a verla. En medio de un taller de fierros y tornos en actividad se exhibía una singular y extraña máquina para nosotros. Nos dijeron que pesaba una tonelada y era hermosa, plantada en el suelo, luciéndose para su venta al primer postor. La tocamos, casi acariciándola, porque sabíamos de su valía, de su poder. La habíamos soñado y anhelado por muchas lunas, porque ello significaba simplificar la producción y multiplicarla. El dueño y negociador era un moreno de fuerte contextura, hablador y directo.

—¡Tres mil dólares al *cash*! —nos dijo al notar nuestro interés.

Como cuando una cuerda de guitarra en pleno evento de pronto se rompe, así sentimos en el interior romperse nuestra esperanza. Al ver nuestra palidez por el desencanto, el hombre nos preguntó:

—¿Están interesados? —al confirmarlo, continuó—: Si es así, pueden separarla y esta magnífica máquina troqueladora será de ustedes.

Le prometimos que regresaríamos lo antes posible y nos retiramos, no sin antes volver la mirada al pesado fierro fundido que se transformó en nuestra obsesión. Ya en la calle, le dije a mi socio:

—¡Tenemos que comprarla como sea!

—¡Claro! Debemos separarlo antes que otro la compre. Es urgente —me respondió mi hermano, decidido.

Cuando el otoño culminó, logramos juntar una buena parte del dinero para realizar la compra. Eso sí, nos habíamos partido los brazos y la fe se había puesto a prueba. Dos meses nos dio de ventaja el señor, con una condición: si no cumplíamos, muy a pesar suyo, la vendería a otro postor que, según él, lo estaba esperando, y perderíamos nuestra separación. Es en estas circunstancias que se necesita a los bancos. Por desgracia, por aquellas épocas las políticas de financiamiento no eran las adecuadas para las empresas pequeñas que recién iniciaban sus labores, así que no calificábamos para créditos aún y tuvimos que recurrir a los prestamistas informales que te pedían intereses usureros, leoninos, de hasta el 240 por ciento anual.

Tocamos las puertas de familiares y conocidos, pero apenas les planteábamos el asunto nos negaban el apoyo por temor a perder su dinero. Pero, así como existe el demonio existe Dios, y una mano piadosa amiga vino en nuestra ayuda. Sin tanto palabreo se contagió de nuestro proyecto y nos proporcionó los faltantes y ansiados dólares para finalizar la compra.

Corrimos, locos de alegría, y logramos adquirir nuestra primera cortadora a golpe, utilizando matrices. Su instalación fue complicada, y con la ayuda de un levantador hidráulico, la nivelamos para su funcionamiento, pero cuando empezó a rugir, poderosa y firme, ¡madre mía! Fue bastante gratificante, en especial cuando hizo su primer corte perfecto, sacando a relucir su poder al mostrarnos una planta idéntica a su molde. Arrancó nuestra alborotada felicidad, y es que por fin teníamos una máquina que produciría en serie, en corto tiempo y en grandes cantidades. A alguien se le ocurrió que debíamos bautizarla con champán y así fue, agradecidos de contar con una incomparable ayuda.

Nuestro centro de operaciones se ubicaba en el distrito limeño de Ingeniería, en un barrio tranquilo, de gente, por lo visto, calmada, de habitantes amables, con algunos amigos del chisme que nunca faltan, ni faltarán jamás en ninguna parte. Pero lo que más daño hace son los envidiosos y egoístas que no soportan el progreso de los demás, y a ellos nos tuvimos que enfrentar, porque empezaron a denunciar nuestra actividad a toda institución que podían llegar, empezando por el propio municipio, a pesar de que contábamos con la respectiva licencia de funcionamiento.

Más adelante supimos que era un vecino que vivía solo y amargado, cuya pretensión fue aburrirnos, cansarnos, fastidiarnos, alejarnos, aun sabiendo que también dimos trabajo a muchos jóvenes del barrio que necesitaban de un salario.

Fuimos denunciados, primero a Electrolima, que llegó con premura y corrigió la tarifa de comercial a industrial, o sea que de 220 nuevos soles subió a 2200 nuevos soles por mes.

La segunda vez, a los fiscalizadores del municipio, que hicieron un alboroto para que los vecinos fuesen testigos de la intervención. En tan solo un instante casi todo el vecindario se arremolinó para ver el desenlace, hasta ancianos y niños salieron a atestiguar el acontecimiento, sintiendo morbo por la desgracia ajena. Pero no pasó nada porque todo estaba en orden y más que nada cumplió un papel de *show mediático.*

La tercera vez le tocó a SEDAPAL que, en forma prepotente, primero cortó el suministro de agua sin previo aviso ni análisis para luego realizar el reclamo correspondiente en sus oficinas. Por supuesto, fue solucionado con la elevación de la tarifa y gastos no cobrados de manera adecuada, también de comercial a industrial.

La cuarta vez fue con la prefectura del distrito, que se portó muy mal, hasta pareció que habían sido sobornados para que nos perjudicaran. Nos defendimos enviando una carta de atropello jurídico a sus superiores y, para nuestra felicidad, fueron sancionados por abuso de autoridad.

Pero la quinta vez fue la más perversa de todas porque fuimos espiados, chuponeados como vulgares delincuentes, por varios días, pues la policía fiscal hizo seguimiento a nuestro inocente itinerario.

Ocurrió en la mañana de un lunes cuando yo llegaba con mi taxi, cargado de insumos como el microporoso, pegamentos, telas y otros artículos que nos servían para la semana. No me había percatado del auto color plateado, estacionado con cuidado en un ángulo, cuyos agentes me estaban esperando impacientes. Dejaron que descargara todo y salieron del vehículo raudos hacia mí, como maleantes tras su víctima, para intervenirme antes de que terminara de cerrar por completo el portón de entrada al taller.

Sin mediar decencias, en forma matonesca y grosera me pidieron la documentación, la cual les mostré de inmediato. Pero pareció no ser suficiente, porque me dijeron autoritariamente que iban a revisar el taller de fabricación. Les pregunté si tenían una orden judicial y me respondieron que su brigada no necesitada orden alguna, porque ellos ejercían por oficio el control preventivo. Les exigí explicaciones, a lo que me respondieron burlándose:

—¡Nosotros no tenemos por qué darte explicaciones! ¡Basta con mostrar nuestras placas, que representan el símbolo de la policía! ¡Así que vamos a entrar con tu permiso o sin él!

Al ver su actitud intolerante y abusiva, me opuse apelando a mi criterio sobre derechos y deberes ciudadanos. Pero haciendo uso de revólveres en mano para amedrentarme como si fuese un vulgar ladrón, se metieron a la prepo, como reza el dicho popular. Una vez dentro, buscaron y rebuscaron, desbaratando todo lo que encontraban a su paso, tratando de encontrar ilegalidad en cuanto a las marcas patentadas, en especial las más conocidas del mercado. Al no encontrarlas me sembraron, de una forma miserable, una prueba con maldad y ventaja.

—¡Mira, aquí tienes una marca que está prohibido confeccionarla, por ley! —me mostraron un puñado de etiquetas en las que se leía con claridad: FILA.

Me quedé pasmado por el cinismo del líder del grupo. Atiné a razonar, por unos segundos, para ver si comprendía el actuar de aquel policía que se prestaba a ese comportamiento delictivo sin escrúpulos, sin dignidad, con una calaña moral y ética hundida en lo más bajo de los infiernos. Me dio ganas de vomitar allí mismo por la repulsión que me causó.

—¡Vamos a llenar un acta de incautación y la tienes que firmar!

Por supuesto que no la firmé, con lo que logré que montaran en cólera, me arrestaran y llevaran a la comisaría que se encontraba en Chorrillos, si mal no recuerdo. En el camino trataron de amedrentarme.

—A aquel que no permite el ingreso a su establecimiento comercial o industrial a la policía fiscal se le sancionará con dos a cuatro años de cárcel por oponerse a la autoridad, y la flagrancia se castiga con severidad.

—Saben que soy inocente, ¿verdad? ¿Pero qué es lo que quieren de verdad? —me atreví a decirles.

—Así me gusta, muchacho, que seas directo —me respondió el jefe del grupo con una sonrisa triunfante—. Mil dólares y eres libre como un pájaro.

—No tengo esa cantidad y así la tuviera no se las daría.

—Entonces a la dependencia policial, amiguito —me respondió de mal humor el oficial de mando.

Recién al llegar a su dependencia me leyeron mis derechos constitucionales e hice una llamada telefónica: llamé a un abogado que no demoró en llegar. Entre dimes y diretes con el policía que me trajo, me soltaron con la condición de que asistiera a la citación programada para el día siguiente.

Regresé puntual junto a mi joven defensor, que mostró facturas, boletas, guías y licencias, entre otros, demostrando que no habíamos incurrido en ningún delito y sus argumentos fiscales se cayeron por falta de pruebas contundentes. Le pregunté a mi abogado si era posible denunciarlos por aquel atropello, pero él me aconsejó que no lo hiciera porque el mayor que me arrestó era muy amigo de Vladimiro Montesinos, asesor del presidente de la República. Lo bueno fue que nos dejaron en paz y no volvieron a asomar sus narices por el establecimiento.

Un año después, el solitario señor de las denuncias se tomó la molestia de recolectar firmas para quejarse al Municipio de San Martín de Porres con la finalidad de que nos expulsaran del barrio. Se topó con un problema: nuestros vecinos no lo apoyaron en su gesta social, porque comenzaron a apreciarnos no solo por empatía, sino porque se habían dado cuenta de que habíamos traído progreso a la zona y muchos de sus familiares trabajaban con nosotros y se sentían contentos. Así que el terco y obstinado señor se fue a otros barrios donde no nos conocían y consiguió lo que quería: completar el acta con las rúbricas necesarias para la expulsión.

Con honradez y a pesar de todo, me fue cayendo bien el vecino opositor, porque comencé a admirar su perseverancia. A mí me gustaba ese tipo de actitud, sea buena o mala. Me contaron que había sido investigador de la policía antes de jubilarse y organizaba sus planes de desalojo con una pulcritud escalofriante. Con el pasar de los meses nos chismearon que para él se convirtieron en febriles noches de insomnio, así que decidí yo mismo darle el gusto y un día frío de otoño me empeciné en buscar otro local, pero esta vez para comprarlo y así tener tranquilidad, no solo por no tener que pagar alquileres, sino también de que este permaneciera en el tiempo como un activo de la empresa. Subí a un micro de camino a Ancón, porque mi intención fue ir mirando desde la ventana a los bordes de la carretera Panamericana Norte, para ver si visualizaba algún anuncio de venta de terrenos. Antes de llegar al paradero de la Volvo del distrito de Los Olivos, hoy, centro comercial Mega Plaza, encontré mi destino, que me estaba esperando.

Era una urbanización nueva, más bien diría nuevecita, al lado derecho de la pista, frente al Banco de Crédito, donde había una caseta de ventas pintada toda de amarillo con letras rojas, la cual anunciaba la venta de sus lotes Apenas me vio el vendedor, se acercó presuroso para darme la información adecuada. Siendo amable, me acompañó a recorrer los lotes y mientras lo hacía me iba explicando sus ventajas. Entre ellas, la más importante y la que determinó mi apego fue que eran terrenos industriales con habilitación para luz trifásica. Justo y preciso para nosotros.

Regresé contento, lleno de ese extraño deseo de comprar algo propio por primera vez en mi vida. Fue fácil contagiar mi alegría a mi socio, que aceptó gustoso. Claro, el problema era conseguir el dinero para comprarlo *al cash*, así que decidimos adquirirlo a plazos. Teníamos nuestros ahorritos y convencí a mi hermano para que nos arriesgáramos y diéramos la cuota inicial que exigía el contrato de compraventa. Sacando cuentas, nos faltaba un poco, pero recogiendo todo lo que se podía, nos hicimos del lote. A la décima cuota cancelada nos entregaron el terreno mediante un acta de entrega, reservándose el derecho de conservación del mismo hasta que terminemos de pagarlo todo. La empresa que nos vendió fue el Sindicato Wiese, dueño de la Urbanización Industrial Panamericana Norte.

Existe un dicho popular conocido que reza así: «del dicho al hecho, hay mucho trecho», y ese trecho se tiene que seguir porque si no los sueños se quedan en sueños, nada más. Me movilicé de arriba para abajo y de abajo para arriba, con el fin supremo de construir a como dé lugar la planta de fabricación. Me reuní una y otra vez con el arquitecto, ingeniero y funcionarios ediles, entre otros, para obtener permisos por aquí y por allá, solo que los diseños no me convencían lo suficiente. Busqué a un amigo entrañable, que además de inteligente era proactivo, y junto a él nos pusimos a garabatear proyectos de construcción en su mesa de comedor, saboreando humeantes tazas de café. Al cabo de varias horas de razonamiento, concluimos que se debería planear una edificación de cuatro plantas de talleres de confección y una quinta para oficinas de administración, guardianía, entre otros, de acuerdo con los objetivos empresariales futuros.

Dicen que lo difícil son los primeros pasos. En la primera semana del mes de enero de 1994, donde el sol limeño apuntaba con fuerza sobre sus costas, organicé una cuadrilla de constructores con un ingeniero joven y mi amigo de planes. Picota en mano, se empezó la obra, aquella mañana de un lunes sofocante. Fue una grata experiencia al ver cómo se construía, desde sus cimientos, un edificio de cinco pisos. Los albañiles se afanaban por cavar zapatas, torcían fierros, alambres, revoloteaban tierra, arena y piedras menudas. La labor fue supervisada por el ingeniero, por mí y por mi amigo, quien incondicionalmente y sin interés me ayudó muchísimo. Mientras tanto mi hermano administró con eficacia la producción en el distrito de Ingeniería.

La primera semana de trabajo alborotó mis emociones. No sabía que un enjambre de obreros hacía un trabajo de hormiga e iban ordenando sus labores con precisión, siguiendo los trazos del arquitecto. Mi amigo era un soñador y juntos charlábamos con entusiasmo como si fuéramos ingenieros expertos en construcción civil. El sol de verano era fuerte a mediodía y quemaba las espaldas encorvadas de los sudorosos operarios que se esforzaban, al sentirse vigilados. Un ligero polvo se alzaba inevitable alrededor de los albañiles, que se afanaban por demostrarnos sus habilidades, mientras los observábamos con satisfacción desde la parte frontal del predio. Nunca fui dueño de un terreno en mi vida ni mucho menos de una casa, así que imagínense la dicha que sentía por dentro. En realidad no lo podía creer todavía.

—¿Cómo crees que quedará cuando se culmine el primer piso? —le dije al paporreteo a mi amigo.

La mirada fuerte, escondiendo con un resistente cierre su afligida e impenetrable alma, me respondió muy seguro de sí mismo:

—Quedará bien, para eso estamos, ¿no?

Me le quedé mirando, esbozando una sonrisa leve que me aseguró el proyecto con un candado doble. Era directo, a veces hiriente, pero era bueno en lo que hacía, sin lugar a dudas. Lo felicité dándole un palmazo en el hombro izquierdo por la marcada seguridad que exhibía a flor de piel. Al poco tiempo leía los planos del proyecto con soltura y compresión. Fui entendiendo que no era cosa del otro mundo y me fui metiendo en el asunto hasta lograr controlar los errores de los maestros de obra que se les escapaba.

El celestial atardecer se iba sepultando con dirección al mar. El color anaranjado de sus nubes contrastaba con el ocaso brillante de los rayos del sol que se negaban a morir y la noche fue dominando a la luz, poco a poco, con sus sombras oscuras hasta reinar por completo. Aquella noche, mi amigo y yo decidimos quedarnos en el área de construcción, con la finalidad de compartir ideas para mejorar la tarea de avance de obra. Y qué mejor forma que sintiendo el olor inconfundible de la tierra cuando es alborotada, la cual emanaba una extraña humedad que pareciera venir desde lo más profundo de su ser y eructar gélidos respiros que se meten por las narices hasta llegar a los huesos.

—¡Ya sé cómo mejorar la producción! —me dijo mi amigo, despertando mi interés.

—¿Ah, sí? ¿Y de qué manera se puede hacer? —le respondí de inmediato.

—Fácil: cambiando los comandos. Ya los tengo identificados. Harán mejor equipo y en menos de lo previsto se culminará el primer piso.

Solté un soplido de alivio porque la Municipalidad de San Martín de Porres había mandado una misiva en donde nos decían que, por motivos ajenos a su administración, nos invitaban a trasladar nuestro taller de confecciones a otro lugar, y que nos daban un plazo de dos meses para hacerlo. Además, el dinero se estaba acabando, porque construir no es nada fácil a la hora de los loros.

Culminamos la primera planta en un mar de ajetreos. El dinero se esfumó y tuvimos que recurrir, sin poder evitarlo, a los prestamistas informales que te ahorcaban con intereses abusivos, aprovechando las urgencias. Eran expertos en leer necesidades, oportunistas desalmados, sin un ápice de ética moral. Antes recurrí a los bancos, pero me dijeron que no contábamos con los requisitos necesarios para acceder a préstamos bancarios todavía.

Llegamos a hacer tratos con el veinte por ciento de interés mensual y todavía exigían garantías conchudamente y sin asco. Pero hay momentos en donde no te queda de otra y se tuvo que aceptar, ya que la liquidez era fundamental, en especial cuanto te metes en camisa de once varas. A pesar de las dificultades, se cristalizó el objetivo, lo cual significaba un logro sin precedentes, sobre todo uno sólido y duradero. Nuestra propia infraestructura se había terminado para fabricar en paz, o al menos eso imaginé.

Los agónicos rayos de sol de verano empezaron a ser débiles y tibios. Las jovencitas aún se atrevían a salir con falditas y *shorts* cortísimos, exhibiendo su belleza, sin importarles el qué dirán de algunos y soportando los silbidos machistas y sin escrúpulos que no faltaban en ninguna cuadra de Lima.

El plazo que nos había dado la Municipalidad había caducado y tuvimos que mudarnos una tarde de los últimos albores del verano, con todas nuestras chivas. Notamos que una buena cantidad de vecinos nos despedían con cierta tristeza, alborotados, expectantes, al vernos partir. El único vecino feliz era el señor de las denuncias, al cual se le leía en su risueño semblante el triunfo a leguas de distancia y, como era de esperarse, murmuraba su placer. Cuando yo justo pasaba por su lado, en la cabina del camión que nos hacía la mudanza, nos miramos a los ojos y yo haciéndole una venia le dije:

—Adiós, mi estimado señor, no sabe el favor que me ha hecho.

Me tocó gozar cómo me miró con sorpresa y frustración. Y como dicen por ahí: «no hay mal que por bien no venga».

Llegamos a la nueva urbanización con nuestros múltiples pertrechos. Las cosas pesadas, como las máquinas que representaban nuestro más grande orgullo, fueron colocadas en el lugar preparado especialmente para que soportasen la intensidad del trabajo, que eran toneladas.

Nos instalamos en nuestra nueva residencia con cierta melancolía. Hay huellas que uno va dejando por el camino donde pisa y estas nos generan sentimientos encontrados. Con algunos acabados por culminar y sobre todo pintar, el ambiente era solitario. Se respiraba el olor de cemento y concreto fresco, que le daban una tonalidad de ambiente gris. Había un solo vecino, cuyo defecto mayor era que al tomarse sus copitas se cruzaba y andaba mandando a la mierda a cualquiera que se lo encontrara, sin importarle si era su conocido o no. Pero de sano era otra persona: educado, amable, acomedido, servicial, un pan de Dios. Él se dedicaba a la tornería y su planta funcionaba ya más de un mes atrás, es decir, nos llevaba la delantera.

Mientras la instalación continuaba, porque nos tomó varios días, recorría el gran salón con satisfacción, mirando de un lado a otro con infinito placer. Ahora lucía ordenado, limpio y bien distribuido para la producción. También habíamos habilitado dos dormitorios para nosotros, una oficina y dos baños para los empleados en la parte del fondo donde no interrumpía el paso. Pero la verdadera alegría fue cuando recomenzamos la actividad con el personal, que brindaban su energía, y las máquinas emitían sus propios ruidos peculiares. Las risas, los diálogos, la actividad en sí le daba el toquecito de magia que elevaba la vida, tanto para obreros como para propietarios. La máquina troqueladora resonaba con sus golpes continuos y secos haciendo rebotar en las altas paredes, sus peculiares sonidos como combazos a botellas de champán y justo con champán brindamos felices la actividad de producción. Habíamos creado una familia. Los muchachos que eran del barrio de Ingeniería nos siguieron contentos, agradecidos por darles trabajo, y aunque desde ese entonces tuvieron que pagar sus pasajes para venir día a día, nos ayudaron sin reserva.

Nuestra producción mejoró bastante. Por las noches, mi socio y yo rumiábamos la producción realizada, satisfechos. Solo que mi hermano era fanático del trabajo y siempre me despertaba muy temprano entusiasmado:

—¡Vamos, el día ya llegó y el trabajo espera! —me decía.

Había mañanas en las que mis ojos se negaban a abrirse, pero ni modo, chamba es chamba.

—Ya voy, ya voy —le respondía entre el abrazo dulce de las seis. Porque, en efecto, había mucho de qué ocuparse.

Pasaron más de dos meses y nuestras buenas intenciones crecieron como la levadura a la masa, motivándonos, empoderándonos sobremanera y cuando se entrecruzaban nuestras miradas, estas brillaban, esperanzados de construir un futuro que ya no era incierto, sino sólido, pujante, seguro.

Por las noches, nos acompañaba un pequeño televisor de catorce pulgadas que hacía bulla en la quietud del reposo de las herramientas de trabajo; los perfiles de las inyectoras eran como robots que dormían su siesta.

El aire de julio calaba en los huesos, metiéndose con libertad por la ventilación natural que se había dejado a propósito para no ahogar la producción. Pero nosotros permanecíamos pétreos, sin sentirlo, mirando el mundial de fútbol de 1994 realizado en Norteamérica, pero que había encajado muy hondo en nuestra pasión latina por ese deporte rey. Se jugaba el desenlace final entre el poderoso Brasil e Italia, el legendario y tres veces campeón del mundo. Era tanta la ilusión que sentía, que mi mente se había trasladado al mismísimo estadio y creí ver el partido desde la tribuna, a pocos metros de distancia. Mis manos se crispaban con fuerza prendido del espaldar de la silla que estaba al revés, para apoyarme mejor. El único foco que estaba vivo, cerca de nosotros, alumbraba de forma tímida las paredes aún sin pintar y estas tragaban su luz, absorbiendo sus luminarias.

Desde el principio del evento deportivo y cuando el himno del auri-verde se entonó magistral en el estadio, empecé a sentir a flor de piel el nerviosismo, que junto a la pasión del fútbol recorría mis nervios de abajo hacia arriba. Siempre amé el pundonor italiano, pero mi preferencia, por su puesto, era el seleccionado brasileño con tremendas estrellas. Mi hermano se comía las uñas y yo no paraba de mover mi pie derecho. El primer tiempo terminó cero a cero. Era un choque de titanes, sin duda. Y el segundo tiempo terminó igual que el primero, ninguno de ellos dio a torcer su fuerza deportiva. Dunga de Brasil era una máquina de distribución de balones en el medio campo. Para mí, él era el entrenador en mitad de la cancha que daba órdenes mientras jugaba. Los italianos demostraron su gran calidad y valía, pero no pudieron anotar y empataron sin goles, camino al suplementario.

Los jugadores extenuados se esforzaban por mantener el empate, ya que ninguno de ellos daba ninguna posibilidad de anotar en su valla, y las férreas defensas de ambos equipos luchaban concentrados para mantener el balón fuera de su área, hasta que llegó el pitazo final que se hizo escuchar por encima del gigantesco estadio. Mudo de sorpresa, sacudiendo las almas en vilo. Tocaba cruzar los dedos y llamar a la suerte, porque cualquiera de los dos contrincantes se tenía que llevar el tetracampeonato.

Alguien tiene que gozar y alguien tiene que sufrir, pero fútbol es fútbol. Le tocaba patear primero al equipo italiano y el primer disparo al arco empezó. Falló, y aunque parezca malvado celebramos el error de Franco Baresi. Después nos llenó de tristeza cuando también falló Marcio Santos. Fue Romario quien nos hizo estremecer de alegría.

—¡GOOOOOOOOOOOOOOOOOOOOOOOL!

Se escuchó con estruendo en el estadio y rugió la muchedumbre, incluidos nosotros, que saltamos de nuestras sillas para sentirlo en las venas, en los hombros, en el corazón… agitados de emociones. Siguieron otros y otros, hasta que falló, por increíble que parezca, el mejor jugador italiano: Roberto Biaggio. Lo gritamos con locura junto a toda Sudamérica. El clímax

del placer futbolístico se parece a un orgasmo: los crispados nervios se suel-
tan, la adrenalina se va a los cielos. Culminó el encuentro mundialista con
medallas, cantos e himnos de contentos, mientras a espaldas nuestras el
silencio reanudó su tarea nocturna que pareció no tener fin, después de una
ardua y subliminal alegría.

Mi padre trabajaba con nosotros junto a mi hermana menor en la pequeña fábrica. Era un hombre amante de los sueños. De noche tejía castillos perfectos, con gran pulcritud emocional, y al día siguiente los destejía con violencia sepulcral. Mi madre se reía escuchándolo de noche y al amanecer tenía que soportar el desbarajuste de sus planes.

En aquellas épocas tendría 64 años y era, eso sí, vigoroso, trabajador, activo, puntual como los relojes suizos, disciplinado como un buen exsoldado del ejército y muy amoroso con su familia, a pesar de sus pecados carnales que por ahí extendió. Él había hecho su vida, en su mayoría, por las sierras de Pataz donde había adquirido un fundo, que era una parte de la propiedad de su entrañable amigo de confidencias, quien además era su compadre: el señor hacendado Juvenal Goicochea.

Ese hombre era hijo de un cura que se aprovechó del terror moribundo de una anciana muy rica que, camino a despedirse de este mundo, mandó a llamarlo con urgencia demencial para que le fuese a dar el último adiós con el sagrado óleo de la extremaunción. Por supuesto, el cura Goicochea se quedó con todo lo que poseía la desesperada difunta a cambio de la salvación eterna que le prometió haciéndolo firmar, notarialmente, transferencias para su beneficio personal y, echando a la basura los sacramentos católicos, salió corriendo de la iglesia loco de alegría para convertirse en el hacendado más respetado, con miles de hectáreas de tierras de la provincia.

El curita, apenas se sintió libre del ahogo de la sotana, dio rienda suelta a sus instintos reprimidos y disparó semen por doquier, asediado por bellas jovencitas que se aprovecharon de su poder y gloria terrenal. Fruto de estos desmanes tuvo veinticuatro hijos, de los cuales el último le salió con las patas chuecas y para poder caminar utilizaba unos extraños zapatos ortopédicos. Precisamente, el vástago de los pies torcidos, era el compadre de muchas aventuras vividas de mi padre, y que además, heredó del exsacerdote cientos de hectáreas de tierras.

Don Adalberto Abrill, mi padre, tenía en la sangre el don de ser muy sociable y saber escuchar a los demás. Se ganó el aprecio de muchos, y a puño limpio logró hacerse respetar entre sus conocidos. Muestra de ello es cómo una vez jugó al Felipillo con el fin supremo de hacer amistar a su compadre con otro latifundista con el que se odiaban a muerte. Tanto era el rencor que ambos se tenían que eran incapaces de verse uno adelante del otro, y si lo hacían sacaban sus respectivos revólveres para pegarse unos tiros. Ambos enemigos apreciaban a mi progenitor. Una tarde, en sus reuniones habituales, mientras jugaban ajedrez, don Juvenal Goicochea se puso a hablar pestes de don René Vidal, al que odiaba, y cuando terminó de echarle sapos y culebras, mi padre, con mucha calma, le dijo:

—Qué raro, compadrito. El otro día estuve con don René y me habló cosas muy bonitas de usted.

—¿¡Cómo!?

—Sí, me dijo que antes de que tuvieran el problema de linderos, usted y él eran muy amigos.

—¿¡Eso le ha dicho!? No lo puedo creer.

—Pues sí.

—Algún bicho le habrá picado a ese malnacido. Perdóneme, compadre, pero usted no debe tener amistad con esa calaña de gente.

—Lo siento, compadre, pero a mí me parece una buena persona.

—Víboras como él no son buenas personas, compadre.

Mi padre esbozó una amplia sonrisa y calculó que no era el momento de seguir hablando del tema. Pasaron los días y en una de esas reuniones tediosas de junta de regantes, donde mi padre era el presidente, tuvo la oportunidad de hablar con don René, y acordándose de su charla con su compadre se atrevió a decirle:

—Oiga, don René, mi compadre Juvenal me ha dicho que usted y él, antes de sus líos, eran muy amigos. ¿Eso es cierto?

Su interlocutor se quedó de una pieza al escuchar aquellas palabras. Abrió la boca, la volvió a cerrar, cambió de color, de estupor a rabia y se fue encendiendo hasta volverse negro de cólera cuando le respondió:

—¡Oiga, don Adalberto, yo lo aprecio mucho, pero si usted me está tomando el pelo, discúlpeme, pero yo lo mato! ¿Sabe que ese chueco desgraciado, mal parido, el otro día casi me pegó un tiro en la cabeza?

—Pues no lo sabía. ¿Pero es verdad o no que eran muy buenos amigos? No ha respondido a mi pregunta concreta.

Se calmó, o mejor dicho suavizó sus emociones, y al cabo de unos segundos le dijo, con algo de tristeza:

—Sí, don Adalberto, sí es cierto. Y, a decir verdad, nos queríamos mucho como amigos.

—¡Ah, con razón!

Luego fueron yendo y viniendo los mensajes, cada vez más apaciguadores de ambos bandos hasta que mi padre supo que debería de hacer algo más que solo servirles de correo: juntarlos a ambos. Para lograrlo planeó un encuentro en la hacienda de su compadre. Primero convenció a don René, quien le amenazó con matarlo si eso era una broma de mal gusto, y cuando se lo dijo a su compadre este no podía creer lo que oía. Lo importante era que habían aceptado el reto de enfrentarse cara a cara. Llegado el día, mi padre acompañó a la visita y ambos cabalgaron rumbo al esperado encuentro.

En la hacienda, don Juvenal Goicochea esperaba nervioso e impaciente al frente de su patio principal, sentado en su silla que le servía de vaivén. Miró la lejanía. Las nubes de mayo ya eran escasas y solo pasaban como jirones fantasmales empujados por los vientos, de norte a sur, que las arrastraban hacia las cumbres de los altos cerros. Miraba su reloj suizo una y otra vez y oteaba el horizonte del camino, hasta que vio a dos jinetes que se fueron acercando hacia él. Hizo el esfuerzo acostumbrado para ponerse en pie y esbozando su mejor sonrisa se acercó más a los visitantes que ya se bajaban de sus monturas.

—¡Negrito, dichosos son mis ojos al tenerte en mi hogar! ¡Bienvenido, hombre! —le dijo con ahínco a su enemigo de años.

Mi padre lanzó un soplido de tranquilidad y don René corrió a darle un abrazo a su ahora amigo, con grandes palmetazos de satisfacción.

—¡Colorao de mis entrañas! No sabes cuánto he soñado con este día. ¡Amigo mío! —le respondió con fuerza sincera y afable.

Misión cumplida. Hizo amistar a dos grandes enemigos y de ahí para adelante nunca dejaron de frecuentarse. Almuerzo de invitación un día aquí, almuerzo de invitación otro día allá, y las risas, chistes y bromas volvieron a gobernar como antaño para ambos. Mi padre contaba su gran hazaña una y otra vez a su tropel de hijos, quienes lo rodeábamos, hasta que se quedó grabado en mi recuerdo.

En el fundo que poseíamos había de todo, desde gallinas hasta vacas lecheras de razas *holstein* y *brown swiss*, que se perdían saludables en los alfalfares, junto a los caballos. Había un equino de raza que se llamaba Llanero y era el más querido por todos porque marcaba el paso con elegancia. Era placentero ir sobre su lomo, porque parecía que tenía amortiguadores y no se sentía tan pesada la cabalgata larga. Mi madre era directora de una escuela cerca del predio, en las alturas donde el frío calaba los huesos.

Éramos nueve los vástagos de la familia con una docena de perros cruzados por todas las razas, desde pastores alemanes hasta canes sin rabo, cuya matriarca era la feroz perra Lassie, que tenía una inteligencia casi humana. Cuando tiraban el suero de la leche a las bateas de madera, que servían de depósitos de comida, los perros se lanzaban a las quitadas para comerse todo y la pobre Lassie a veces se quedaba sin almuerzo si no había alguien quien se dedicase a ordenar la comida que debía de servirse. Y es que mi madre se había tomado el tiempo de educarla bien, enseñándole a ser prudente y a saber obedecer a punta de gritos desde que era muy pequeña. Pero eso sí, era brava, mordía a quien no le caía bien y era sanguinaria con los amigos de lo ajeno.

Cuando don Juvenal se iba a la costa en los meses lluviosos de la sierra, dejaba su hacienda en manos de mi padre y nosotros, aún niños, asaltábamos la biblioteca de su casa para leer los ejemplares de moda que traía desde Europa y Estados Unidos, como la revista *Life*, los romances profundos de Corín Tellado y las *Selecciones del Reader's Digest*, donde leí *Titánic* en su versión original cuando apenas cumplía los nueve años de edad. También rompíamos objetos valiosos sin saberlo, ganándonos el enojo de mi padre.

Corríamos por los campos, varoncitos y mujercitas, cantando y saltando libres, ajenos a los problemas del mundo, y fuimos muy felices allí, o al menos yo lo fui hasta que llegó Sendero Luminoso en los años ochenta y todo cambió.

Crecimos con los sobresaltos del amedrentamiento de los grupos terroristas que se fueron infiltrando poco a poco en el valle. Con el paso de los años pasaron de las amenazas a la acción, pidiendo cupos de guerra para su causa. Las misivas se fueron encontrando en las puertas de cada señor que tenía tierras en exceso. Lo más cruel que hicieron fue darles veneno a los perros, en un claro mensaje de muerte. En el caso nuestro, mataron a tres vigorosos cachorros. En el segundo intento de continuar con su maldad, se toparon con la feroz Lassie, la cual los enfrentó saltando al cuello de uno de ellos y casi le arrancó la vida. Su reacción fue obvia: la asesinaron a balazos. La enterramos entre lágrimas, como la heroína que fue.

También secuestraron a los canes de los vecinos para descuartizarlos y exhibirlos colgados en los puentes de una manera macabra. En las madrugadas se hacían sentir los soplidos descorazonados de mi padre que lanzaba al aire y traspasaban los muros con quejidos de resignación.

En las reuniones de los dueños de tierras se tomó la decisión de pagar los cupos de guerra que exigían los senderistas y designaron a mi padre, ya que nadie más se atrevió, para que fuera él quien llevara el dinero a un lugar solitario del camino de herradura que habían elegido los senderistas. A la mañana siguiente ensilló al Llanero y con paquete en mano partió entristecido a cumplir con aquella entrega peligrosa. Al cabo de dos horas de cabalgata, se encontró con una bandera roja donde ondeaba triunfante la hoz y el martillo. Dejó el paquete, siguiendo las instrucciones, y se dio vuelta a todo galope de regreso a casa.

Pero la cosa no terminó allí, porque luego de unos meses los invitaron a abandonar sus propiedades si no querían morir. Las noticias que se escuchaban por las emisoras de Lima, respecto a los subversivos, eran aterradoras. Bombas explosivas que tiraban por los aires no solo estructuras, sino también carne humana inocente despedazada que encontraban a su paso. Con todo eso sumado, uno por uno los que tenían fundos o haciendas empezaron a vender lo que podían. Mi padre logró vender lo suyo a un precio de regalo y solo pudo sacar de allí su caballo preferido, el amado Llanero.

Corría el otoño del año 1987, la inflación en el Perú era del mil por ciento y el dólar MUC era mal utilizado en su máxima expresión. Con paquetón de los intis en mano, fruto de la venta de su fundo, mi padre partió rumbo a Lima, solitario y triste, ya que todos nosotros estábamos desperdigados en diferentes partes de la nación, incluida mi madre. Algunos en la casa de Tayabamba, que era la capital de la provincia de Pataz, otros por la costa del Perú, como Trujillo y Lima, siguiendo estudios.

Sorteando las pendientes del camino, cabalgaba mi padre prácticamente expulsado de sus tierras, despojado de sus animales y su casa. Al cabo de media hora tomó la colina donde divisó el valle. Tiró de las riendas, detuvo al caballo y dio la vuelta para despedirse de su querencia en el último mirador donde se apreciaba con soltura la esplendidez del valle. Escudriñó el horizonte, aspirando el olor inconfundible de la tierra, desde el río Cajas, que circulaba lejano en los temples camino al Marañón, hasta las puntas heladas de las alturas impávidas y majestuosas del Apushallas. Luego de este a oeste, de sur a norte, tratando de registrar, de fotografiarlo todo en su mente, palmo a palmo, quebrada a quebrada, llanura a llanura, como un elefante cuando emigra, para guardarlo, llevárselo consigo hasta la muerte y, si fuera posible, hasta después de ella, para jamás olvidarlo.

La borrasca de la tarde era paradisiaca. Parecía que todos los componentes del panorama lo observaran cobrando vida de repente. El aire le entró por vendavales a los pulmones, saboreando su pureza. Recordó el día en que escuchó el premio que le dieron mediante las ondas de Radio Programas del Perú desde la capital de la nación, por un poema escrito de su puño, inspiración y letra, dedicado a su madre. Él era un oyente acérrimo de aquella emisora, en especial de los programas políticos que se emitían los sábados por la mañana. Era un aprista convicto y confeso. Conoció a Víctor Raúl Haya de la Torre en uno de sus discursos impecables en la plaza San Martín de Lima, allá por los años sesenta. La emoción le embargó el alma, inundándolo en sus profundidades más ocultas, cuando leyeron su poesía desde el otro lado de la cordillera, cuyas brisas de mar parecían que acompañaban a las ondas de radio. Subió el volumen de su antiguo aparato a su máxima potencia y una voz profesional en declamaciones se dejó escuchar:

Las cenizas de los años

¡Madre!,
ahora, que el harnero del tiempo
cierne las cenizas de los años,
sobre mi negro pelo.
Ahora que mis pasos son más lentos,
y mi voz pierde melodía…
¡Cómo te extraño y recuerdo, madre mía!
¡Madre!,
ahora que las imágenes
borrosas a la distancia miro,
ahora que tengo pena y suspiro,
lo que antes con ojo de lince
en lontananza descubría…
¡Cómo te extraño y recuerdo, madre mía!
¡Madre!,
ahora que con el paso de los años
se dobla mi cuerpo cual frágil madero,
antes erguido y altanero.
Ahora que en los surcos de mi cara
queda la huella grabada
de tantos y tantos días vividos,
más que gozados, sufridos…
¡Cómo te extraño y recuerdo, madre mía!
¡Madre!,
ahora que mis ojos lloran de arrepentimiento,
cómo olvidar aquellos momentos
cuando niño por tu lado retozaba,
y cómo reía y cómo gozaba
ante tus cuidados y lamentos,
y cansado en tu regazo me dormía…
¡Cómo te extraño y recuerdo, madre mía!
¡Madre!,

ahora que mi cruz se acerca
poco a poco a su Viernes Santo,
y cuando el alma en quebranto
busque purificarse en su agonía,
¿por dónde, dónde estará esa María?
Por eso:
¡Cómo te extraño y recuerdo, madre mía!

Adalberto Abrill Campos

Lloró al recordarlo y sus lágrimas surcaron su tez blanca, quemada por el sol y el sufrimiento. Pero antes de que le embargara la emoción extrema, taconeó sin piedad a su caballo y este dio inicio a su galope tendido, alejándose raudo por el camino escabroso rumbo a lo desconocido, acompañado del feroz soplido del noble bruto, cuyas patas delanteras marcaban el compás de su paso de pura sangre. El mediodía se acercaba y le pareció oír una melodía susurrante traída por los vientos atardecidos, como si enmarcaran sonidos en su huida a la nada. Las pisadas del Llanero se escuchaban solitarias como su dueño, solo el eco lo remedaba como un espectro a lo lejos.

Un ventarrón violento sacudió la vieja estructura coposa de un árbol de molle, al borde del camino, que sobrevivía a la intemperie calurosa y árida de las colinas templadas. Aquel arbusto anciano y arrugado, siniestro y solitario, desojado y moribundo, se lucía mitad vivo y mitad muerto plantado en sus raíces largas y profundas esperando el pasó del jinete que se iba acercando. Él era testigo mudo de todos los viajeros que pasaban bajo su alicaída sombra, de muchas vidas que iban y venían, de felicidades y fracasos, y aquel hombre que vio venir le produjo pena. Por primera vez aquel viejo molle se sintió conmovido por un jinete que traía bajo sus hombros la cruel derrota de la vida. Los pasos del animal que lo trasportaba ahora fueron lentos, como si entendiera a su amo y lo siguiera cabizbajo, meditabundo. Colgado de su montura y sin ideas, a ese hombre no le importó el tiempo, el camino ni la distancia que recorría en aquel potrero solitario con poca vida que ofrecer a falta de agua.

—¡Hola, Adalberto! —dijo una voz, de repente.

Se enderezó de forma brusca en su silla y miró directo al molle, desde donde había partido la extraña voz que lo saludaba. Tiró en seco las riendas del freno y miró de un lado a otro, pero no vio a nadie, absolutamente a nadie. Entró en pánico. Respiró hondo y luego de unos instantes de reflexión se centró en las ramas menudas del único arbusto en donde le pareció haber oído las palabras nítidas. Y, ayudado por un instinto universal, se atrevió a decirle a ese viejo molle que lucía desramado por los años:

—Buen árbol, ¿acaso eres tú?

La respuesta que escuchó del viejo molle lo dejó helado, paralizado:

—Sí, soy yo, y sé lo que te está sucediendo. Te he visto pasar muchísimas veces bajo mis sombras y nunca te vi así. ¿Quieres que te dé un consejo? Pues tu vida no es un desastre, aunque te parece que lo fuera. Lo que pasa es que tienes que aprender, y para hacerlo hay que vivirlo en carne propia. Mírame a mí, plantado desde hace más de un siglo y por más que clamo a la muerte esta no me llega, pero aprendo. Aprendo de ti, por ejemplo.

Un pasmo diabólico cercenó sus entrañas. Creyó que estaba empezando a enloquecer y un pánico abismal inundó su cuerpo. Picó espuelas y el relincho del noble animal se dejó escuchar por el horizonte, junto a una carrera sin fin, acompañado de una nubecilla de polvo que lo seguía detrás de aquella figura que se iba perdiendo, como una silueta lejana en el camino, bajo un sol resplandeciente que brilló como nunca, despidiendo al jinete y su montura, misma que corría a todo galope, como alma que lleva el diablo.

La reelección del presidente de la República estaba en marcha y la recesión económica también, que poco a poco se empezó a sentir en las poblaciones de clase media y baja. Con ello, las ventas tuvieron graves caídas, los sueldos se congelaron y el dólar comenzó a ganar terreno frente al nuevo sol. La capacidad adquisitiva del hambriento poblador empeoraba y, con ello, el sufrimiento del pequeño y naciente empresario. Las amenazas por parte de la SUNAT estaban en juego, acaparando largos espacios televisivos, y el acoso era constante a los negocios nacientes a los que *les daban con palo*. Nuestro deseo de abrirnos camino hacia el éxito se estaba truncando sin poder evitarlo, las ganancias no nos favorecían para cumplir con las deudas y los compromisos financieros comenzaron su implacable tarea de cobranza.

Uno de nuestros garantes se presentó molestísimo, exigiendo puntualidad, porque un prestamista lo había visitado, recordándole que si nosotros no realizábamos los pagos pendientes, lo iban a enjuiciar a él para recuperar su inversión de usura. Claro que el negocio del usureo era redondo, sin importar por dónde uno lo mire. De mil dólares de capital con el veinte por ciento de interés mensual nominal, se convertía en dos mil cuatrocientos dólares de solo interés al año, con una ganancia de doscientos cuarenta por ciento en tan solo doce meses.

El invierno de agosto de ese año estaba en su pico más alto y el frío era intenso. La gente andaba superabrigada, los niños sufrían de problemas respiratorios, los ancianos se morían con asma y los ambulantes llenaban el cercado de Lima, inamovibles por las autoridades ediles y el Gobierno central. Una mañana, muy temprano, tocaron con violencia el portón de entrada de la nueva casa. Salí a ver quién era el mal educado y me choqué con una vergonzosa sorpresa al ver a uno de mis fiadores de cemento y fierro, que me venía a cobrar con cara de perro rabioso.

—¡Han pasado más de tres meses y aún no me pagas lo que me debes! ¡Así que anda sacando el billete!

Tenía razón el encolerizado señor, pues me había comprometido en pagarle solo en tres meses y ni un día más. Le rogué que me esperara hasta el siguiente sábado. Después de dar rienda suelta a su amargura se fue, aceptándome a regañadientes y concediéndome el plazo como un ultimátum severo. Haciendo de tripas corazón, conseguí lo ofrecido y era el primer enredo por desenredar.

El lunes, cuando regresaba de hacer compras para la confección de los productos, me encontré a otro conocido prestamista que hacía rato me estaba esperando para darle solución a su caso. Me tocó suplicarle también a él para que, por el amor a Dios, me esperara hasta la llegada del verano, la única temporada en la que se podían aprovechar las ganancias de la venta de sandalias de playa, que es lo que más consumían los limeños, o por lo menos hasta diciembre, en donde se mejoraban las ventas para todos, porque los expendedores mayoristas nos compraban la producción de verano por adelantado y se les aprovechaba sacándole el jugo a su propio capital. Luego de idas y venidas el prestamista, para mi felicidad, se compadeció, aunque, eso sí, sin perdonarme un dólar de interés sobre interés, mientras que yo sufría una procesión por dentro que empezaba a salir en su largo recorrido de varios años después.

Las utilidades no eran las mismas, la competencia no se hizo esperar y nos atropelló, absorbiendo a nuestros clientes por falta de capital de trabajo suficiente, ya que nosotros lo fuimos perdiendo por pagar cuentas de usura que cavaron nuestra tumba financiera. Al vislumbrarse la navidad, llegaba con ella el verano y la grata actividad comercial subía a su pico más alto, y con ella también la esperanza.

Un gran logro del Gobierno, aparte de estabilizar la economía del país, fue la recuperación de la tranquilidad en las calles de Lima al desarticular a la cúpula de Sendero Luminoso, que sembró el terror en el Perú, y por lo menos se respiraba algo de paz. Las playas costeñas se atiborraban de ansiosos veraniegos, mientras que nosotros sudábamos la gota gorda en nuestro afán de aprovechar al máximo posible la producción en una loca carrera contra el tiempo, tanto como nos lo permitía el calor.

Al finalizar febrero llegó con la exactitud de un reloj el prestamista, a quien con el dolor de nuestro corazón le pagamos todo: capital más intereses que se multiplicaron por tres en menos de un año y, para colmo, se tuvo que agregar un interés moratorio. El trabajo de ese verano se esfumó como la espuma, pero quedó la grata descarga de una deuda menos, a pesar de que arrastrábamos otros compromisos que fuimos amortiguando a medias. El problema fue que las cuentas en vez de bajar subían a causa de los crecimientos leoninos de intereses abusivos. Dejamos de pagar la deuda que teníamos con el terreno para pagar otras que amenazaban con realizar un embargo judicial contra todo a su paso, y el temor se hacía persistente.

Sin poder remediarlo, tuvimos que paralizar las confecciones porque nos quedamos sin recursos para continuar. Despedimos al personal, muy a pesar nuestro, las máquinas dejaron de funcionar y el ambiente se volvió triste. Con las manos en los bolsillos, como vagos sin rumbo, nos mirábamos a las caras con un desconsuelo que se iba apoderando de nosotros con mayor intensidad a medida que los días pasaban y los aprietos de las deudas se acumulaban. El único consuelo era esperar, otra vez, al verano, en donde los mayoristas te brindaban el capital y con ello se podía sacar la utilidad.

Pero para llegar hasta allí faltaban meses y no nos podíamos dar el lujo de solo esperar, así que me acerqué a un banco con la finalidad de informarme, aun sabiendo que no contábamos con los requisitos para acceder a un préstamo bancario porque el terreno que podría servir de garantía no era todavía del todo nuestro, ya que todavía quedaban 36 letras por cancelar. Me respondieron negando con la cabeza. No dándome por vencido, recorrí varias instituciones para microempresas y pequeños créditos, topándome hasta con protestantes prestamistas de religiones que ofrecían sus servicios por lo bajo, solo que siempre exigían como garantía algún inmueble y, de paso, te ofrecían la salvación eterna. Luego de pasarme más de mediodía, regresé con el ánimo por los suelos y le comuniqué a mi socio que las cosas eran difíciles. Si no era por una cosa era por la otra y, en fin, un sinnúmero de obstáculos.

La angustia de mi padre me preocupaba sobremanera. Él había nacido nervioso e impaciente, cualquier problema lo afectaba y cada vez que me tocaba el tema de las deudas, me encontraba inalterable, como aquella vez que tuve que enfrentarme al viaje de aventura comercial al pueblo de Tocache. Parecía que los problemas no me afectaban en demasía y desenfadado exhibía cinismo ante las graves circunstancias. Y es que, si yo me mostraba débil no podría evitar contagiar a los demás, por eso mi valentía forzada se imponía a diario, como si las dificultades no fueran conmigo. Este comportamiento me funcionaba bien, no solo con mi socio y con mi padre, sino conmigo mismo, porque me permitía andar con sosiego en la vida.

Mientras observábamos, con la pereza a cuestas, un programa infantil de América Televisión, nos llamó la atención el anuncio de una institución que se dedicaba a prestar capital de trabajo para el desarrollo informal, identificado con las siglas INDESI. De inmediato copiamos la dirección, salté de mi asiento y, sin pensarlo dos veces, me fui en busca de esta nueva aventura. Al llegar me entrevistaron dos personas por largo rato y tuve que contarles hasta el menú que comía, pero fueron amables, asequibles y, sobre todo, comprensibles. Terminaron ofreciéndome una alternativa: darme un crédito, no muy abultado, con garantía prendaria sobre todas las máquinas que poseíamos. Acepté sin dudarlo, tragándome la dicha para no mostrarles demasiada satisfacción. Me dieron la mano al despedirme, ofreciéndoles traer los balances y facturas necesarias que me pidieron.

Por primera vez en nuestra corta historia de vida societaria obtuvimos un crédito más o menos decente, porque pagamos una tasa de interés mensual del cinco por ciento y eso era un golazo de media cancha en comparación del veinte que nos hacían pagar. Encima, con dos meses de gracia y un cronograma de pago cada 28 días. Lo malo es que aquel crédito sirvió para tapar algunos huecos ineludibles y ni con eso alcanzó para cubrir todas las deudas. Pero, al fin y al cabo, algo es algo cuando te llega una tabla de salvación en plena tormenta. Mientras se sobrevive, siempre existirá la esperanza, la cual nunca se debe perder, porque para cada problema existe su solución y si la solución no llega existe el milagro.

Visto que el dinero prestado no se empleó para invertirlo en insumos de fabricación, no se pudo reanudar las actividades y con ello las cuentas seguían acumulándose. Esta vez el crédito mismo comenzó a advertir que era un futuro peligro crediticio.

Dicen que cuando llegan las dificultades lo hacen todas juntas, y esta no fue la excepción. Empezaron a llegarnos cartas notariales de parte de la empresa inmobiliaria Wiese S. A., que era la propietaria de la nueva urbanización, exigiéndonos abonos por las letras impagadas. Mi padre había recibido las notificaciones y me sorprendió cuando me dijo, sospechando mi tormento, «hijo, al toro hay que tomarlo por las astas».

Con las palabras de mi padre en mente, me encaminé al centro de la ciudad donde la empresa tenía sus oficinas en el jirón Miró Quesada, al costado de la Bolsa de Valores de Lima. Antes de entrar me persigné, recé en silencio un padre nuestro con algo de angustia y me encaminé al piso que me indicaron. Una gentil y agraciada jovencita, que al parecer era la secretaria del jefe encargado de los terrenos en el Cono Norte, me recibió con una espectacular sonrisa, invitándome a pasar de inmediato al ambiente donde atendía su superior. Era una fastuosa y elegante oficina de pisos alfombrados, decorada con cuadros artísticos de la época virreinal, perfumada y alumbrada con discreción por luces tenues para hacer resaltar a las pinturas de una forma disimulada. Detrás del escritorio lucía un señor alto, con terno, de aspecto sincero, que me invitó de forma amable a tomar asiento y luego, después de revisar mi caso, levantó la mirada y me dijo con cara seria y arrugada:

—¿Qué pasó, señor Abrill?

Con un nudo en la garganta y mirándolo a los ojos, le resumí apenado el porqué de los impagos. Me atendió con interés y preocupación. Se tomó el mentón con la mano derecha, tamborileó con sus dedos libres el madero de caoba y me lanzó una pregunta:

—¿Y por qué no denuncia a esa gente usurera?

—Pues… pondría en aprietos a mis garantes, que con mucho gusto aceptaron serlo en su momento.

Miró al techo, tratando de entenderme, y luego, bajando la mirada, me dijo que esperara en la salita de afuera donde trabajaba su asistente. Me abrió la puerta y llamó a su secretaria. Vi que ella desapareció en el interior, dejándome solo. Al cabo de un rato salió contoneándose, se volvió a sentar, cruzó las piernas y me comunicó con una pícara sonrisa:

—Señor Abrill, me dice mi jefe que intente ponerse al día y que lamentablemente tendrá que pagar intereses por atrasos, pero que será de acuerdo a ley, o sea: el 1,5 por ciento por cada mes, además lo va esperar un año más.

No supe si llorar o reírme. Le di las gracias a la jovencita y también le encargué que le diera mi agradecimiento a su jefe y le dijera que, por supuesto, iba a cumplir mi compromiso. Salí contentísimo y con el triunfo en las manos, enviándole bendiciones al comprensivo señor que tomó una sabia y generosa decisión conmigo.

Cuando te llueven bondades, el espíritu de uno cambia de forma notable y ve con otros ojos a la gente. Lo ve todo con color, con familiaridad, con aprecio, con comprensión, con felicidad. El vigilante que cuidaba la puerta de la entrada principal se sorprendió cuando le di un abrazo de despedida. Me deseó suerte también, con una amplia sonrisa sin saber el porqué del abrazo efusivo. Caminé largo rato por la cuadra saltando de contento y quería saludar a todo el mundo, bendecirlos, amarlos. Me había quitado un enorme peso de encima y fue una maravilla cómo mi carga se aligeró.

Cuando regresé con mi socio, este me esperaba con impaciencia.

—¡Bingo, hermano! —le dije desbordado por la alegría.

Vi que su semblante cambió bastante y el sosiego volvió a su rostro, demacrado por la falta de trabajo. Le conté el incidente con lujo de detalles, con el contento que embargaba mi alma, y aquella circunstancia nos alentó sobremanera. Volvimos a silbar, a pesar de que las máquinas permanecían mudas en un ambiente sin energía humana.

Las nuevas elecciones generales para la presidencia del Perú se habían dado y, con una amplísima ventaja sobre su oponente, el exembajador y secretario general de la ONU, Javier Pérez de Cuéllar, el chino Alberto Fujimori se había hecho ganador, otra vez, del poder, con un mayoritario respaldo de la población peruana. El conflicto armado fronterizo con el vecino país del Ecuador le había proporcionado réditos, sin dudas. Eso se sumaba a su carisma popular de lucha frontal contra la pobreza extrema, en especial con los pueblos olvidados de la sierra, de la selva y de los asentamientos humanos de la costa. El hombre había sabido penetrar en los sectores sociales más bajos del Perú. Pero la política, su política económica, no cambió y se volvió más estricta, sacando partido a la reelección.

Lo bueno es que empezamos a crecer poco a poco y con ello la capacidad adquisitiva fue mejorando. El año 1995 se fue, para nosotros, con mucha lentitud, con sobresaltos y un sin fin de obstáculos. Quizás pareció una eternidad porque estábamos pateando latas, esperando el verano siguiente, y a falta de trabajo el día se alarga con aburrimiento. Para nuestra felicidad, llegó diciembre y nuestros clientes mayoristas regresaron afanados buscándonos para brindarnos el capital que con ansiedad estábamos esperando. Volvió la algarabía al salón de confecciones y las máquinas despertaron de un largo letargo.

Se trabajó hasta de madrugada con el fin de ganar utilidades, pero no alcanzó lo suficiente para nivelar las deudas, así que el saco de problemas se empezó a derramar, incontenible. Fueron tiempos duros, pesados, cruciales, que exigían soluciones inmediatas para no caer en el abismo de la derrota. A fines del mes de mayo de 1996 nos llegó nuestra primera notificación judicial por parte del director ejecutivo del Instituto de Desarrollo del Sector Informal, INDESI, exigiendo el pago total de la deuda contraída. Mendigando favores de aquí y allá, suplicando, rogando a los demandantes, firmé un acuerdo extrajudicial con los abogados de la institución, subiéndose lo adeudado con moras acumuladas que lo llevaron a las nubes, con el fin de que el problema no llegara a mayores.

Lima, como toda gran metrópoli en expansión, se saturaba de pobreza, crecía incontrolable en un marco de incertidumbre. Quizá esperanza, por un lado, quizá solo desolación y eterna desgracia por siglos. Lo cierto es que la miseria reinaba campante: hogares que masticaban su humillación contenida por años, ciudades dormitorios que se colgaban por los cerros sin servicios básicos, como luz y agua, necesarios para vivir, y que tenían una sola ventaja, si es que a eso se le podía denominar ventaja: servir como miradores espectaculares del caos que se extendía bajo sus pies en las llanuras de cemento y ladrillos de la ciudad. Los adultos soportaban como sea, pero para los jóvenes en etapa de crecimiento era difícil, no veían túneles de salvación en su edad más peligrosa y muchos crecían resentidos con la desigualdad social.

Lima, ciudad esperanza para miles de emigrantes de todas partes del Perú. Unos utilizándolo como refugio, desterrados de sus querencias por malos revolucionarios, y otros, tal vez la gran mayoría de la terrorífica pobreza e ignorancia, con anhelo de superación moral e intelectual, estrellándose con otra realidad: la indiferencia, unida a la lacra del abandono gubernamental. Lamían miserias de una calamidad a otra y lo peor: no había marcha atrás y la vida continuaba inexorablemente.

Lima, ciudad de esperanza para miles de jóvenes que, una vez culminados sus estudios secundarios, se preparaban afanosos para ingresar a alguna universidad que los acogiera, con el anhelo de salir de su desgracia personal, deseosos de tener una carrera profesional merecida. Solo que la realidad poseía una dureza solemne. Abriéndose el futuro a machetazos, soportando vejaciones, maltratos psicológicos, racismos vergonzosos, violaciones y un sinfín de humillaciones, ¿cómo construir una sociedad digna y justa en esas condiciones?

Sí, Lima también fue la ciudad de esperanza para nosotros, pagando piso para tomarla, para domarla, para aguantarla. Pasamos por su rincón de prueba cruel, calamitosa, logrando plantar raíces a duras penas sobre ella. Y es que Lima es así: difícil, complicada, pero se puede domar con perseverancia, con el paso de los años. Nosotros estábamos en ese camino cuando los males llegaron.

Tuve la certidumbre de esa creencia universal, de que cuando vienen los males, vienen juntos y acompañados de una feroz tormenta con rayos y truenos. Había pasado un año del empeño que había hecho al señor amable de la empresa A. Y. F. WIESE S. A. y, la verdad, por más esfuerzo que se hizo, no se logró cumplir con lo ofrecido. Así que nos llegó la denuncia judicial, exigiéndonos la entrega del lote comprado por incumplimiento de contrato.

Camino al despacho del juez, en un taxi Volkswagen escarabajo color amarillo, íbamos mi joven abogado, que se había graduado apenas unos años atrás, y yo. La primavera iniciaba y el clima mejoraba. El pequeño transporte sorteaba, como de costumbre, el caos vehicular, en medio de ruidosas bocinas y una nube de monóxido de carbono que emitían los tubos de escape de los destartalados buses, que deberían irse al cementerio para no fregar a los vivos. Yo lucia nervioso, mientras nos encaminábamos al edificio de la concurrida avenida Abancay con Nicolás de Piérola. Mi abogado defensor me iba entrenando acerca de qué decir, si en caso solicitaban mi intervención, minutos antes de entrar.

A los 24 días del mes de setiembre de 1996, a las diez de la mañana, ante la sala de audiencia del Primer Juzgado Especializado Civil de Lima, a cargo del doctor José Aguado Sotomayor, comparecimos las partes en litigio en la audiencia de saneamiento y reconciliación. Ahí estaba el señor que bendije en mi mente una vez. Al verme, se acercó para darme la mano con gentileza y yo le extendí la mía de inmediato, correspondiéndole el gesto amable. Luego saludé a su abogado que apenas estiró su brazo mirándome de forma seria. Charlamos un poco mientras esperábamos la hora puntual fijada.

—Señor Abrill, nosotros no tenemos ninguna intención de perjudicarlo, pero las circunstancias nos obligan.

Asentí cortés, aliviado con sus palabras que tranquilizaron mis nervios alborotados, confirmando la buena y decente imagen del gran señor que tenía enfrente. El impasible juez dio inicio a la audiencia, en una sala apretujada, sentado detrás de una mesa rectangular y en cuyo centro se apreciaba un crucifijo con una pequeña bandera del Perú, simbolizando a dos grandes emblemas icónicos: bondad y patriotismo. Dio lectura al desarrollo del proceso, habituado a los papeleos, y después de preguntas y respuestas a ambos contendientes el sabio juez declaró saneado el litigio con la existencia de una relación juridicoprocesal válida, concluyéndose el proceso mediante una sana conciliación. Es decir, me dio más tiempo para poder pagar de acuerdo con mis posibilidades económicas, comprometiéndome a cancelar conceptos de gastos judiciales en una cláusula adicional al nuevo cronograma de pagos. Para nosotros fue una victoria, una batalla ganada en medio de la guerra.

En una mañana sombría llegó al departamento en donde vivían mi padre y la mayoría de mi familia, mi hermano perdido, quien había desaparecido hacía años y nadie supo de él. Lo habíamos buscado con ahínco. Mi madre fue la que lo buscó por mar y tierra, incluyendo avisos radiales pagados para saber si alguien lo había visto o escuchado de él. Pero nada, parecía que la tierra se lo había tragado. Llegó andrajoso, con el pantalón roto, casi descalzo, cuyas sandalias se reventaban de viejas. Tenía un polo avejentado, raído, con un color que se fue perdiendo en el tiempo, abrumado por lavadas tras lavadas. Traía consigo el estupor de la vida, sudoroso, demacrado, pálido, sucio. Habíamos salido todos casi al unísono, cuando mi hermana gritó desaforada:

—¡Miren quién vino a vernos, corran!

Ninguno se había atrevido a abrazarlo, paralizados, sorprendidos, bloqueados por la sorpresa.

—He venido a saber cómo están y luego me regreso —nos dijo, nuestro hermano de nombre Elmer, con su cara pálida de la miseria.

Sus palabras sonaron a resentimiento, lo que nos hizo despertar del *shock* en que nos encontrábamos, y a tropel lo abrazamos, encerrándolo en un círculo de afectos encontrados. Todos lloramos, entreverados en tristeza, lágrimas y alegría de volverlo a ver. Parecía que hubiera regresado del más allá, de la ultratumba. Como nadie se había acordado de sus recientes palabras nos recordó:

—No me he muerto y eso es suficiente. Estoy solo de visita.

Mi padre le reprendió con energía, después de limpiarse los ojos:

—¡De aquí no te vas a ninguna parte, hijo!

Después de un buen baño y con ropa prestada, nuestro hermano era otro. Simpático, acogedor, buen mozo. En el comedor, mis hermanas no sabían qué darle, qué servirle, con qué contentarle. Mi madre no se movía de la mesa junto a él, observándole palmo a palmo, estudiando sus facciones juveniles, como si quisiera adivinar sus desventuras. Al cabo de un rato, con el sosiego del caso, mi padre no se aguantó más y le lanzó las preguntas que todos le íbamos a hacer, tarde o temprano:

—¿Y dónde has estado, hijo? ¿Qué cosa te ha pasado? ¿Y por qué no te has comunicado con nosotros durante estos años?

Dejó de comer. Levantó la mirada para mirarnos a todos, que estábamos expectantes y angustiados. Tomó una servilleta para limpiarse los labios y dijo a mi padre, clavándole los ojos:

—Yo he estado bien, por la selva del Huallaga. Nada me ha pasado. Quería experimentar la vida a mi manera.

—¿Eso es todo, hijo?

—Sí, eso es todo. No tengo más que contar y perdónenme por no haberlos prevenido —se levantó con pesadez y caminó a la sala, no sin antes pronunciar rotundamente—: lo siento, pero les ruego que no me vuelvan a preguntar sobre este tema. No me siento bien cuando lo hacen.

Y nadie jamás lo volvió a interrogar, por temor a que se fuera de nuevo. Es que su carácter era especial: orgulloso, resentido, sensible, terco como una mula. Su determinación a irse estaba en pie, así que yo intervine y le fui a hablar de hermano a hermano, ofreciéndole trabajo sin condiciones. Me agradeció, pero me dijo que él no había nacido para ser peón de nadie. Me obligó a cambiar de estrategia y le propuse que sea nuestro socio minoritario. Fue notable cómo su semblante cambió al decirme:

—¿Y cómo voy a ser tu socio si no tengo dónde caerme muerto?

Mi respuesta no se hizo esperar y le dije sin tapujos:

—No necesitas capital para serlo, nosotros te acogemos con un porcentaje y basta.

Se sentó sorprendido. Achicó su orgullo y más calmado me respondió con suavidad:

—Puede ser, déjame evaluarlo y te aviso.

Habían pasado meses desde aquel feliz día y fue a trabajar el nuevo socio, no tan convencido y muy desconfiado. Tuvimos que darle mucha confianza para que se fuera acostumbrando a los quehaceres. Mi primer socio, al principio, se molestó conmigo cuando le conté el arriesgado ofrecimiento que le hice al hermano perdido. No estuvo de acuerdo y tuve que convencerlo para que aceptara con miles de artimañas sentimentales.

Yo no me tragué el cuento, en su totalidad, de su aventura de vida, más bien sospechaba, por sus condiciones, que había estado retenido por alguien o por muchos. Enamorado no creo, porque se hubiese filtrado en pocos meses la noticia. Más bien estaba convencido de que fue absorbido por Sendero Luminoso en sus andares sin rumbo, porque sus conversaciones políticas eran de una acérrima defensa al comunismo, a la igualdad social.

Odiaba al expresidente Alan García con toda su alma y escupía al suelo cada vez que escuchaba su nombre. En cambio, amaba a Carlos Marx, a Vladimir Lenin, a Mao Tse-Tung. Idolatraba a Fidel Castro de Cuba y decía, con pasión, que ese hombre valía por millones en la tierra. Del Che Guevara ni qué decir, para él era un ser excepcional, quizás no humano, que había venido del espacio a salvar a la humanidad del tormento político. Preferíamos no discutir mucho al respecto porque el muchacho se explayaba, no teniendo oídos para las más mínimas contradicciones, así que lo dejábamos ir a su mundo de utopías.

Una vez quise arrancarle verdades y se animó a hacerlo a medias, cuando le toqué el tema de la guerrilla armada que azotó al país. Me dijo que aquellos eran una basura porque mataban inocentes, sin culpa justificada. Cuando le pregunté si había visto algo de eso por la selva, me contó una historia que me dejó pasmado.

Según me dijo mi hermano perdido, había asistido a una ejecución cuando deambulaba por un pueblito escondido del Huallaga llamado Izcote, cerca del puerto fluvial de Pizana. Los guerrilleros habían sacado a la placita principal a cuanto viviente existía para que sean testigos de una matanza. Según ellos: «a un ajusticiamiento en nombre de la revolución». Cuando todos los presentes hicieron filas ordenadas, salió a presentarse una mujer adusta y severa, vestida con los colores militares del ejército, quien dijo ser la capitana del grupo y comenzó a darles una perorata de concientización política, marxista y leninista en honor a su presidente Gonzalo.

Al terminar de hablar, mandó a traer a dos jóvenes amarrados que lucían mudos con la palidez de la muerte que se les venía encima. El hombre y la mujer fueron conducidos a rastras al centro de la plazuela y a la muchacha, que era una joven hermosa, fue tirada de los largos cabellos como primera víctima a ejecutar, cuyas piernas se lucían perfectas ante los ojos temerosos de la gente del pueblo, que lo conformaban hombres y mujeres, niños y ancianos, cojos y ciegos. En primera fila estaba un hombre que abrazaba a sus dos hijos, que miraban con estupor la escena, para ellos incomprensible e inaudita. Un balazo reventó el silencio, tronando los oídos de los presentes, junto a una voz que se alzó potente, alcanzando a escucharse con mucha nitidez:

—¡Esta mujer que están viendo es una adúltera que le ha sacado la vuelta a su marido, aquí presente, sin importarle sus dos hijos menores! —lo dijo señalando al hombre que abrazaba a sus hijos con desdicha y luego continuó—: ¡Por ese delito y en nombre del presidente Gonzalo, que cambiará los destinos y las costumbres arcaicas de nuestra patria, será sentenciada a muerte junto a su amante! ¿Alguna pregunta?

Nadie osó a decir nada. La quietud de la plaza era solemne y el verdor de las montañas parecía haberse tornado aciago. En vista del silencio, la capitana ordenó que pusieran de rodillas a los amantes y les descubrieran el cuello en el centro mismo de la muchedumbre, luego sacó un cuchillo largo de su cintura, que brilló con los rayos del sol del mediodía, se acercó a las víctimas y, picando la nuca de la joven madre con la punta de su arma, esperó unos segundos para que la muchacha se pudiera despedir de sus hijos, que ya lloraban implorando piedad para ella, siguiendo el instinto de supervivencia.

Paradójicamente, la víctima, se llamaba Consuelo y cuando logró ver a sus hijos frente a ella, le corrieron las lágrimas de desconsuelo en un tormento doloroso parecido a la pena de Cristo en la cruz. Con los ojos desorbitados y la mirada aterrada, pidió ayuda a los humanos presentes que parecían zombis que solo observaban sin esperanza de réplica, por temor a ser asesinados. El marido, de repente, corrió enloquecido, soltó a sus menores hijos y cayó de rodillas a los pies de la capitana para suplicar perdón.

—¡Yo sé que usted es una persona leída y ha escuchado sobre la piedad de Dios! ¿Quiénes somos nosotros para juzgar? ¡Déjela libre, por el amor de mis pobres criaturas, que están sufriendo mares de angustia! ¡Piedad, se lo ruego, ellos no pueden presenciar esta barbarie! Yo perdono a mi esposa por su infidelidad y usted debe dejarla vivir y darle otra oportunidad.

—¡No seas bruto, hombre débil! ¡Dios no existe, lo único real es hacer justicia por nuestras propias manos y en nombre del cambio social total! ¡Tus hijos deben ver para que sean fuertes en el futuro, el ejemplo es el medio eficaz para aprender y ser educado!

La guerrillera, después de contestarle, lo miró con desdén y en vez de seguir escuchándolo, empujó su afilado cuchillo poco a poco en la nuca de Consuelo, sin importarle los gritos de dolor de la infortunada, hasta que salió la punta filosa por la boca ensangrentada de Consuelo, que a los pocos segundos dejó de existir, asesinada como una res en un camal. No contenta con eso, llenó una jarra de vidrio con la sangre todavía caliente de la difunta y con vaso en mano les hizo beber a todos con amenazas de muerte, en especial al marido al que le hizo tragar un vaso entero, disque por su cobardía. La misma suerte corrió el otro jovencito, que no tuvo a nadie que abogara por él, aunque sea para el último adiós de la vida. Sus alaridos de terror sembraron el descontento general contra aquella revolución misteriosa e ignorante que jugaba a ser una especie de Dios justiciero terrenal, sin imaginarse siquiera que Él no castiga, solo premia, por ser un Dios de amor sin restricciones.

Algo se deslizó por las palabras de mi hermano, que me hizo pensar, sin poder confirmarlo, de que él había desertado de las macabras filas de Sendero Luminoso.

Desde la azotea de la pequeña fábrica se podía visualizar la pobreza extrema de los cerros del distrito de Independencia. Familias que se negaban a sucumbir al horror de su miseria. Solo para las navidades y el año nuevo quemaban todos sus recursos, para tirar al aire cuetecillos y bombardas de colores, y eran los primeros en lanzarlos a todo dar segundos antes de la medianoche. También eran los últimos en hacerlos saltar hasta que el bullicio de las fiestas los hacía callar, al igual que a los perros y gatos que corrían enloquecidos a buscar refugio, pensando que había llegado el fin del mundo para ellos.

Con las manos en los bolsillos y pensativo, miraba hacia allá, recordando sus costumbres, sus desafíos. Lancé un suspiro hondo, que salió desde el fondo de mis entrañas, cuando se me vino a la memoria el día que llegó un jovencito humilde pero muy orgulloso a pedirnos trabajo desde aquellas alturas. Era un adolescente rebelde que odiaba a los habitantes de la planicie y no tuvo tapujos en decirlo de manera abierta. Cuando la entrevista terminó, sin todavía haber tomado la decisión de darle o no trabajo, se alzó del asiento y me dijo, escupiendo su suerte: «gracias, señor, por haberme escuchado. Con otros no llegaba ni siquiera a la puerta», y soltó un «ja, ja, ja» burlón.

Absorbí sus emociones y me puse en sus zapatos. Comprendí su espíritu de desventuras, de desilusiones, de odio. Lo obligué a tomar asiento de nuevo para anunciarle que ya contaba con un trabajo en nuestras instalaciones. No cabía en su asombro cuando se enteró.

Nuestros obreros lo empezaron a llamar el Loco, porque desde el primer día dijo, a voz en cuello, para asegurarse de que llegara a mis oídos, que yo estaba mal de la cabeza por haberlo contratado. Era un muchacho de caminar gracioso, con la sonrisa torcida que se le había dibujado para siempre en el rostro como una marca viva. Era cachaciento, un tanto burlón, de mirada desafiante y atrevida, pero en el fondo era un buen jovencito que se hizo querer con el tiempo. Trabajaba con una condición particular que me propuso antes de entrar al área de prensado: que le dejara escuchar su música chicha con unos audífonos redondos y gigantes que le resonaba en los oídos a diario.

Poseía una vivaz inteligencia y aprendió en un santiamén la tarea asignada y la fue mejorando cada día. Me llamaba para darme explicaciones de sus inventos y yo no podía hacer otra cosa que felicitarlo. Siempre se mostraba risueño a pesar de que llevaba procesiones de duros dramas familiares por dentro, pero su picardía la llevaba adherida a la piel, como payaso que ríe y hace reír.

Decían que se hacía el indisciplinado para no perder su chispa de rebeldía, que creía con toda su fe que fue su cruz de lucha para sobrevivir a su manera y relajado, pero en la práctica era un bondadoso muchachito ansioso por ocultar su verdad de hombrecito con frustraciones. Su educación secundaria la terminó a punta de alegría, venciendo su realidad espantosa de pobre economía y con el estómago semivacío. Sin padre que lo ayude ni lo aconseje de las malas compañías y una madre que observaba a su hijo con penosa preocupación por el extraño comportamiento que fue desarrollando a medida que crecía. Se mofaba de que era el líder del grupo de su barrio y la mayoría le creímos porque era autor de sueños alucinantes.

El Loco era el primero en llegar y el primero en irse apenas cumplía con su tarea. Su nombre era Juaneco, supongo que un derivado de Juan. A él no le gustaba su nombre, me rogó que no lo dijera a nadie, si fuese posible. Le gustaba su apelativo y estaba contento con su chapa. Parecía que se pasara haciendo locuras, pero, en realidad, su producción personal vencía a los demás. En hora de refrigerio se preparaba para inventar sus chistes y hacía reír a sus compañeros que lo aplaudían, pidiéndole más ocurrencias.

Hasta que llegó a su vida la desgracia del amor no correspondido. Se había enamorado de la Imposible, así le decían los demás porque todos habían probado a ganarse, al menos, su afecto, y ella se lo negó uno a uno. Pero el Loco cuando supo la historia se empecinó en domarla y se fue enredando poco a poco en la telaraña del querer sin ser querido.

La Imposible era nuestra vecina, vivía a tres casas de la fábrica. Poseedora de una singular belleza, no pasaba de los dieciséis años, era coqueta, reilona y feliz a sabiendas de que gustaba a medio mundo. Mostraba su vanidad de mujer atrayente con vestiditos cortitos y coloridos. Le gustaba tocar a la puerta con el pretexto de comprar sandalias a precio de mayorista para lucirse con los demás, soltando miradas con deseos ocultos y sonrisas a diestra y siniestra a falta de habitantes en la reciente urbanización. Los chicos que trabajaban con nosotros eran un buen número para sus intereses de adolescente en crecimiento.

El Loco, luego de infructuosas tentativas en sus horas libres, solo consiguió hacerla reír con las piruetas acrobáticas en su bicicleta, de adornos escandalosos, que hacía en la pista y frente a su casa. Sin embargo, las sonrisas que arrancaba de la jovencita le empezaron a gustar y una tarde vino con el cuento de que era feliz. Me preguntó cuál era la diferencia entre el amor platónico con el amor físico real y yo atiné a decirle, con simpatía y comprendiendo su realidad, que el amor platónico era puro porque la fiesta se llevaba en paz, sin las clásicas discusiones que, muchas veces, atormentan a las relaciones, esto por ser un sentimiento sin contacto físico entre los amantes y que, por lo general, no era correspondido por uno de ellos.

Se fue, no muy convencido, porque creo que esperaba que le dijera que primero es el amor platónico y luego se viene el amor físico verdadero, sí o sí. Y no se rindió, acometiendo con otras prácticas como mandarle besos y silbidos distantes que, por increíble que pareciera, gustaron a la Imposible.

El Loco fue mejorando su actitud beligerante, machista, a una actitud respetuosa, amable. Tal vez fue el amor el que lo fue cambiando o tal vez porque tenía un trabajo más o menos estable, o quizá fue su imperiosa necesidad de seguir adelante al sentirse querido por sus compañeros de trabajo. Quién lo sabe, lo cierto es que se sentía a gusto con nosotros.

Un obrero me contó, con el ánimo de *sobonearme*, que el Loco me remedaba, imitando mis gestos y la forma como yo les hablaba para controlar la calidad de los productos que se confeccionaban. Un día lo chapé en plena faena y lo hacía muy bien. Cuando se dio cuenta, giró avergonzado y me miró con cierta tristeza. Le regalé una sonrisa de comprensión y le pedí que continuara porque en el futuro necesitaría un suplente, pero se chupó y no siguió más. Para pedirme disculpas se inventó una historia, diciéndome que estaba practicando para, algún día, ser un emprendedor como yo. Le deseé suerte y le dije que todo es posible en esta vida mientras existan las ganas de hacerlo.

Una tarde en una calle, poco antes de anochecer, vi al Loco apesadumbrado y triste, lo que era muy raro en él. Mientras avanzaba, me di cuenta de que lloraba apoyado en la vereda de la avenida Industrial. Cuadré mi carro muy cerca de él e intenté ayudarlo, pero apenas me vio se enderezó con rapidez, se secó las lágrimas de los ojos con las manos lo más rápido que pudo y montando su inseparable bicicleta desapareció, pedaleando con fuerza, en sentido contrario y sin esperar a que yo llegara a su lado, dejándome con la incertidumbre en plena pista.

No vino a trabajar al siguiente día. Después supe, por su amigo más cercano, que había preguntado si yo había dicho algo sobre él y al confirmar que había quedado en secreto el incidente, regresó con su sátira acostumbrada, como si nada hubiera pasado, siguiendo su vida apurada, alegre, febril y una que otra vez desequilibrada.

Los sábados, después de los pagos semanales acostumbrados, el Loco tomaba el liderazgo del grupo y los llevaba a una discoteca llamada Hollywood, ubicada frente a la Municipalidad de Independencia, que era un centro de esparcimiento juvenil el cual atraía a los habitantes humildes de los cerros a precios asequibles para sus bolsillos. Se daban unas soberanas borracheras, bailando y cantando hasta gastarse el último centavo que habían ganado durante la semana.

Al Loco le gustaba hacerse notar por los demás, inventándose locuras para hacer honor a su nombre. Pareciera que buscaba su título con vehemencia y siempre estaba dispuesto a llamar la atención de cualquiera con sus palabras o actitudes extrañas. Un día escuché a su más querido admirador decir con melancolía:

—¡Pobrecito el Loco!

Aquella expresión me dio la certeza de que su vida estaba a punto de colapsar por problemas internos de su familia, que no eran cualquier cosa. Su madre estaba enferma y su hermana menor había sido violada por un chantajista desalmado en su tarea incansable de buscar trabajo. Al enterarme, me sorprendió la majadería que llevaba consigo para olvidar sus problemas: reía y contaba chistes, trabajaba cantando las melodías del Chacalón, que retumbaban en sus tímpanos a diario. Cuando lo llamé a la oficina, intentando saber de sus penurias, me respondió rotundo:

—¡Yo estoy bien y no tengo nada que decirle, jefe! Le agradezco, pero preocúpese por usted. No me gusta que me averigüen, señor —y se largó con su típica sonrisa torcida y burlona.

Entonces comprendí que era un comodín en el buen sentido de la palabra. Prefería que sus seguidores no le tuvieran lástima y se ocultaba detrás de su máscara construida por años con afán, con detalles, para no perjudicar su imagen de loco, que amaba.

Cuando le preguntaban si en sus noches desaforadas de alcohol y droga, que se arrogaba que consumía, había llevado a la cama a alguna jovencita, respondía con todo el disgusto del mundo que él no era ningún inmoral y solo tenía amigas, muchas amigas, y que su corazón tenía dueña y esa dueña era la Imposible. Lo decía con ojos francos y torcidos, luego regresaba a su mundo personal con sus inseparables audífonos y se ponía a bailar mientras prensaba. La gente se reía al verlo y movían sus cabezas en un afán por entenderlo.

A pesar de sus borracheras sabatinas, el Loco llegaba a las ocho en punto de la mañana del lunes, fresco y bien bañadito con su estrafalaria y pintoresca bicicleta, tocando el portón con su clásica violencia.

—¿Qué tal la resaca, Loquito? —le preguntaba siempre mi hermano.

—¿¡Qué!? Yo no tomo, solo los estúpidos lo hacen. ¿No ve que estoy ansioso por trabajar? Y, a propósito, ¿cuál será mi tarea esta semana? —le respondía él en cada ocasión. Arrancaba nuestras sonrisas al verlo preparado, apurado y puntual.

Los sábados se trabajaba hasta la una y los obreros solían jugar fulbito en plena calle, apostando a las chelas, que eran su motivación para aguantar las patadas tramposas y caídas estrepitosas en la pista. La Imposible salía a su puerta bien bañadita y a la moda a observar los encuentros sin árbitro que regule el caos que se armaba. Le encantó el sobrenombre que le habían puesto, pues habían adivinado: no estaba para ninguno de ellos, mucho menos para el Loco, quien solo representaba el chiste, la risa, el humor del momento; solo alimentaba su vanidad de mujer requerida, pero no le hacía ni un aguijón en su forrado corazón de mujer ambiciosa en el amor.

Sin dejar que se acercara demasiado, le soltaba la coquetona sonrisa para hacerlo creer y mantenerlo enamorado. Eso sí, aquello lo llevaba a las nubes, y no solo de él, sino del resto de los chicos que lo miraban con deseos reprimidos.

Circulaba la noticia de que su madre la asistía en temas amorosos para el futuro y la preparaba para juntarse con alguien que valiera la pena. No con cualquiera, mucho menos con gente de los cerros, a quienes su mentora despreciaba. Menos mal que la señora trabajaba todos los días, incluyendo los sábados, hasta las siete de la noche y no le llegaba el disgusto de enterarse de los andares maliciosos de la hija, quien tenía una pinta para poder explotarse: piel blanca, no tan alta, mirada agraciada y cuerpo bendecido. Por otro lado, su padre era un alcohólico empedernido que vivía su propio mundo a expensas de su mujer, y los domingos por la mañana le daba unas gritadas a todo volumen, para que todo el mundo se enterase de la pobre mierda que tenía a su lado.

El Loco sufría por ella, se notaba a pesar de que lo escondía con pundonor debajo de esa túnica de conchudez resbaladiza, y devolvía el vuelto a sus coqueterías con declaraciones amorosas abiertas al público en medio de todos, incluyendo de su progenitor, el cual se reía, junto a todos, en espera de que le invitaran el trofeo deportivo que eran las rubias en botellas. Pero el Loco, haciendo honor a su nombre, escogió ese amor, a sabiendas de que era un amor imposible para su condición humilde, que lo hacía encoger los hombros cuando la Imposible le respondía, delante de todos y con una sonrisa deliciosa y divina, que no era de su interés aceptarlo.

Las carcajadas adornaban el espectáculo sabatino. En cambio, en los cerros le llovían las mujeres que se *quitoneaban* por él, que choteaba con inteligencia para no perderlas del todo y las consentía para alimentar su ego de loco deseado. Ambos jóvenes tenían sus admiradores en sus respectivas realidades. Cuando al Loco le hacían *bullying* sus colegas de trabajo tras ser rechazado una y otra vez por la Imposible, él les respondía con cara de llanta, jactancioso y feliz, que ella lo amaba en secreto y se *palteaba* en aceptarlo porque le tenía miedo.

—¡Está loco el Loco! —murmuraban entre risas.

Solo su fan y leal amigote repetía y repetía:

—¡Pobrecito el Loco, el Loco es bueno!

Los veranos eran de alegría para nosotros porque se trabajaba a toda máquina y con horas extras pasadas las nueve de la noche. Los domingos eran de relax, por lo general íbamos a la playa, en donde se comían los exquisitos ceviches de pescados recién salidos del mar, los cuales sabían a delicias picantes. Las limeñas se contoneaban risueñas después de un largo y enfermizo invierno, exhibiéndose al sol, tiradas en toallas, durmiendo de cara a la arena. Algunas de ellas con curvas latinas envidiables que invitaban a calenturas secretas y haciendo sonreír al mar y las arenas. Después de todo, Lima poseía su encanto, su cobijo, su dulzura, a pesar de que César Moro la bautizara en sus profundas pesadillas como Lima, la horrible.

Después del relax, por las noches, y en especial los lunes, regresaban las preocupaciones por las deudas, las sombras de lo incierto.

Un día caluroso de fines de marzo sentí que alguien tocaba mi hombro con cautelosa suavidad. Cuando giré, me quedé asombrado: era el Loco, su mirada lucía apaciguada y comprensiva, pero lo que me dijo inmediatamente después me dejó boquiabierto. La verdad, no me lo esperaba:

—¡Si sigue así se va a volver loco! Relájese, los problemas pasan, no viven para siempre.

No supe qué decirle y solo atiné a abrazarlo, agradeciéndole en demasía porque de verdad lo necesitaba.

La brutal recesión económica empezó a minar la frágil economía de los pequeños microempresarios, que salían a duras penas de sus deudas y torbellinos. La importación china empezaba a hacer lo suyo y ahogaba la esperanza de conseguir ventas de muchos fabricantes, con precios que tiraban por los suelos a cualquier competencia nacional y con la venia inhumana del gobierno central. A nosotros, que estábamos inmersos en ese mundo también, nos tocó la puerta sin poder evitarlo.

Por incumplimiento de pago me enemisté con amigos y, con mucho dolor, también con algunos familiares. Los insultos llegaban junto con las cobranzas diarias y con frases de agravio, como conchudo y cínico. Padecía, no lo niego, y cómo no dejar de hacerlo. Pero lo soporté con estoicismo, siguiendo con nuestras batallas que llegaron una detrás de otra por muchos meses. Eran cicatrices de guerra, leves y profundas, pequeñas y grandes, algunas secas y otras sangrantes, que envolvían mi alma creyendo que me iban a vencer. Pero no, yo era obstinado, perseverante y seguía adelante, negándome a morir.

Cuando algunos encuentros se pierden, llueven las críticas, en especial desde afuera, por aquellos que no juegan en la cancha. Lo peor de todo es que son los que no saben ni patear un balón. Así que, a mis espaldas, se fueron tejiendo los chismes baratos para perjudicar nuestra sociedad, la que un día formamos con matices de igualdad y eternidad, más poderosa que cualquier documento firmado sobre la mesa de un notario. Se fue resquebrajando con fisuras apenas visibles, pero que contribuyeron para echarme la culpa de todos los males existentes, por ser el causante intelectual de los infortunios empresariales.

En vista de aquello, mis dos socios para ese momento, mayor y menor, me echaron a que me enfrentara a los cobradores más feroces. Había veces que no sabía dónde meter mi cara de vergüenza y había días que quería que la tierra me tragara para así desaparecer.

Los prestamistas usureros son crueles con sus víctimas, que experimentan el terror del infierno cuando dejan de pagar porque fueron mendigos que vendieron su alma al diablo por un poco de consuelo. Son viles oportunistas que viven a expensas de la desgracia de sus clientes. Y si poseen bienes mejor, porque se alistan frotándose las manos para ganar más utilidades todavía con la venia de las autoridades que hacen valer letras giradas al portador, convirtiéndose en rehenes judiciales.

El perdón no está en el lenguaje ambicioso de estos sujetos mañosos y sin escrúpulos, unos criminales más de nuestra sociedad, los cuales, al arrasar, arrasan sin importarles si son amigos, familiares o conocidos, cobrando intereses impagables y desmesurados. El arrebato es abusivo, inhumano, con seres que mendigan favores a sus propios ladrones. No se les debería permitir existir, pero lamentablemente las urgencias y emergencias a veces lo ameritan cuando no existe otra alternativa. Por eso viven campantes en las sombras a sabiendas de que son y serán útiles de todas maneras.

Menos mal que todo lo que poseíamos estaba empeñado a otras entidades más decentes y que el terreno aún no era del todo nuestro, porque de lo contrario nos hubieran dejado de patitas en la calle y con las pelotas colgando. Pero aun así el daño estaba hecho y era demasiado tarde para retractarse, demasiado tarde para detener el tiempo y enmendar errores, y demasiado tarde para pedir misericordia. Tan solo se debía pagar.

Las pocas utilidades se las llevaron fácil, y lo peor es que lo hicieron sin laborar ni mucho menos esforzarse, cumpliéndose el viejo proverbio: «nadie sabe para quién trabaja». Pero cuando uno tiene la meta pegada a la mente los objetivos son claros, no hay barrera que no se pueda pasar ni obstáculo que no se pueda saltar. La experiencia que aprendí es que los problemas no duran, nada más pasan. Había que tener paciencia para dejar que siguieran su curso. Toda causa honrada tiene su final feliz y la fe es más poderosa que la razón.

Nuestra esperanza dormía cada verano que se iba, porque la mayor fuente de ingresos la obteníamos con la venta de sandalias de playa. Soportábamos angustias por meses porque las confecciones para otros productos que elaborábamos servían para mantener a la empresa con sus trabajadores más eficientes, los cuales se quedaban todo el invierno con horarios cortos y a la deriva de los pedidos.

Los crueles prestamistas tocaban a la puerta cada mes, puntualitos y con la carta notarial bajo la manga. Aquellos individuos ya formaban parte de la sociedad comercial, con la ventaja de cobrar, hubiera o no ganancias. Pero se apareció otra plaga, y esta vez era del Gobierno: la SUNAT, cancerbero creado con el firme propósito de devorar a cualquiera que se le ocurría formalizarse. Una vez en la olla, se iban con todo a cobrar lo suyo sin importarles si habían tenido utilidades o no.

Cada 28 de julio, día de la patria, se convertía en una fecha de expectativa nerviosa, esperando en vano a que el presidente de la República anunciara el esperado aumento de sueldos. Esto haría que la capacidad adquisitiva creciera y con ella el consumo per cápita de la población se pudiera incrementar, para dar beneficio a la economía de mercado que tanto se necesitaba y no estar fuera de ello como consecuencia de la desigualdad social.

Pareciera que el Chino se había vuelto avaro y solo le importaba recoger dinero, viniera de donde viniera, con multas tras multas para llenar las arcas del Estado, sin permitir su justa circulación. El discurso que daba se parecía a un disco rayado que solo repetía la continuación de su programa original, haciendo oídos sordos al hambre de las calles, así como a la quiebra calamitosa de los crecientes pequeños microempresarios y con ello al plomazo final a sus obreros. En cambio, sus palabras respaldaban con energía los abusos de la SUNAT, que cubrían grandes espacios televisivos con un logo de amedrentamiento: «o se verán con la SUNAT». Por un lado el atropello de los prestamistas y por el otro la insensibilidad de un gobierno.

Se habían creado brigadas con inspectores de la SUNAT en las principales calles y avenidas de la ciudad, no solo para cerrar negocios bajo el mínimo pretexto, sino para exigir guías de remisión a los transportistas de mercaderías. Y aquello estaba bien si se controlaba con mesura, con criterio comprensivo y empleando la razón realística de un país informal, para no desbarrancar economías en nacimiento, que a duras penas llegaban al mes para sobrevivir.

Los inspectores gobiernistas ganaban comisiones por meter multas y, como el peruano es *pendeivis*, buscaban la sinrazón o hacían trampas para no perder lo suyo. Les importaba un pepino y muy poco las súplicas de los contribuyentes, con el pretexto de que eran insobornables y drásticos, llevándolos en bandadas a la informalidad donde se vivía en paz, sin multas que pagar y ni un sol para el Estado. Esto perjudicaba a todos, en especial a los formales que quedaban sacándole el jugo de la mísera fruta que se producía y exprimiendo las limosnas que les quedaban.

La política de impuestos estaba mal diseñada. Deberían haber mirado a sus costados o a la misma China, que empezó a crecer apoyando a cualquiera con visión comercial, aportando capital de trabajo, condonando impuestos por varios años hasta que sus emprendedores estén listos y consolidados para recién contribuir con sus tributos. Este aliento es fundamental para motivar la formalidad, que tiene un efecto positivo en la mente común de la gente y, que, además, es necesario aprender a perdonar errores para cuidar a los clientes aportantes, asesorándolos para no perderlos y no despojarlos sin piedad creyendo en el principio de autoridad sin criterio de humanidad, como viles usureros.

Pero el peruano de bien aguantó, a pesar de los múltiples atropellos, y dio lo poco que le quedaba para, algún día, ver a su país crecer. Hubiese sido mejor si el Gobierno empleaba políticas de inteligencia social con el fin de formalizar, por lo menos, a una buena parte del Perú.

La desigualdad económica y social que existía en nuestra patria era preocupante. Se evidenciaba de manera notoria cuando se ponía un aviso de requerimiento de personal: se veían colas inmensas que doblaban las esquinas en busca de un puesto de trabajo. Había de todas las edades, desde jovencitos que apenas terminaban la secundaria hasta ancianos en busca de una conveniencia laboral. En las entrevistas se dejaban revelar sus propias angustias, como infortunios, calamidades morales, depresiones por falta de oportunidades, racismo, vejaciones, o que buscaban ansiosos un sano trabajo que los ayude a soportar tormentos familiares y así liberarse del sufrimiento por falta de empleo.

La mayoría de los locos que deambulaban por las calles venían de aquellas canteras y otros parecían serlo, como aquellos que se zambullían en los basurales que abundaban por la mayoría de los distritos pobres de Lima. Eran como aves de rapiña en busca de sobras para alimentarse. Y mientras se perdían rebuscando en medio de bolsas negras putrefactas, se llevaban a la boca mendrugos de pan, arroz seco con entreveros de huesos desechados o lo que fuera necesario para callar al estómago vacío que pedía lo suyo a gritos.

Cuando leí en el colegio de mi lejana tierra *Los gallinazos sin plumas* de Julio Ramón Ribeyro, pensé que aquel escritor estaba exagerando sus fantasías, pero era lamentable cómo aquello existía con un realismo miserable y vergonzoso. Infrahumanos que se veían obligados a lanzarse al montón de basura y enterrarse en ellas, hurgando como perros sin dueño a comerse lo que la mierda les ofrecía. La delicadeza no estaba en sus calendarios de vida y la vergüenza se había perdido para siempre. Cuando se sentían observados, alzaban la mirada con resignación y mansedumbre, sus ojos brillaban con sagrada humillación, lo que causaba admiración.

En un documental dominical, producido por América Televisión, difundieron escenas impresionantes, espeluznantes para el televidente, sobre los gallinazos humanos. Cuando el reportero preguntó el porqué de aquella actividad, le respondían de forma desgarradora que era para comer y dar de comer a sus pequeños hijos e hijas, que los esperaban hambrientos, y porque, además, no les quedaba otra alternativa en la vida a falta de un empleo.

Lo que causaba rabia era que el Estado no soltaba el dinero, fruto de las privatizaciones, para reactivar la economía capitalina de una población que pedía con gritos lastimeros que atenúe la recesión económica, para así calmar el hambre de sus calles, donde la mayoría de la población se las ingenió para sobrevivir, aunque sea lamiendo basurales.

Todas las mañanas de diez a diez y media se alzaba una voz potente desde la calle, pronunciando la frase ya conocida: «¡papa con huevooo!», cuyo sonido se colaba por el tragaluz y alborotaba a todos los obreros que salían apresurados a comprar lo ofrecido, con una consigna alegre que decía: «¡llegó el Papa Huevo!».

Dejaban sus quehaceres y se lanzaban afuera para llevarse su merienda antes del almuerzo, que consistía, como indicaba su nombre, en papas sancochadas con huevos duros, ají y sal.

La primera vez que vi al vendedor ambulante fue a lo lejos de la calle Industrial. Era un personaje medio encorvado que empujaba una carreta singular de madera hecha por él con desperdicios de chatarra, de color amarillo hueso, que fue perdiendo su color con el sol de verano, el polvo de la intemperie callejera y la humedad intensa del invierno, haciendo mella en su preciado y único capital rodante. Su ingenio y trabajo diario consistía en caminar empujando su sustento, tocando las puertas de las fábricas que le permitían vender sus productos mañaneros antes del mediodía, aprovechando los cortos recesos que los propietarios brindaban a sus trabajadores.

Su rostro reflejaba sufrimiento y resignación. Sus palabras mal pronunciadas intentaban sensibilizar a los dueños, a quienes a viva fuerza aprendió a ganarse. Tuvo que soportar cómo sus clientes le hacían bromas de mal gusto, en especial los obreros que se reían de él, haciéndole *bullying* una y otra vez.

El señor me convenció una fresca mañana de mayo, cuando tocaba con timidez el portón con el empeine de su pie metido por la fisura que había entre el piso y la puerta que golpeaba, de abajo hacia arriba. La forma peculiar y fuera de lo común de tocar me llamaron la atención. Al salir, me topé con un señor sesentón, quemado por el sol, de gruesos y toscos lentes. Se me quedó mirando por varios segundos sin poder emitir palabra, acompañado de su inseparable carreta, cuya parte superior estaba cubierta con manteles de distintos colores que ocultaban su mercadería comestible. Me saludó de forma cortés, presentándose con nerviosismo y yo me atreví a preguntarle, sin ánimo de ofenderle:

—¿Acaso a usted le llaman Papa Huevo?

Su sonrisa dura pintó su cara y una hilera de dientes maltratados se dejó ver, confirmando su apodo al decirme:

—Yo vendo papa con huevo sancochado, *papay*, y si me da permiso, quisiera venderle a sus trabajadores, ¡baratito nomás!

Se apresuró a desenvolver uno de sus manteles para ofrecerme unos calientes huevos duros como obsequio. Yo rechacé y más bien le compré, gustoso de colaborar con su oficio honrado. Le hice algunas preguntas respecto al aseo y manipulación de los alimentos que vendía y me mostró el cuidado que tenía al respecto, satisfaciendo mi curiosidad. Detrás de mí se habían amontonado el tropel de trabajadores que estaban esperando el desenlace final de nuestra charla. Sentí que varios ojos y oídos me estaban mirando y escuchando detrás de la puerta. Fue el Loco quien se asomó, con su fresca picardía, contoneándose como de costumbre para pedirme permiso para comprar papas con huevo.

—¿Desde cuándo viene el señor? —le pregunté.

—Siempre viene y nosotros le compramos con regularidad, pero como usted no para a esta hora, no lo sabía.

—Comprendo, y nadie me lo dijo hasta ahora, ¿verdad?

—Así es, jefe. La gente tenía miedo de decirle por temor a ser resondrados.

—Claro, la producción se detiene.

—Son solo cinco minutos, por mi madre, jefe, y la tarea no sufre retardos durante el día —me respondió el Loco con una desfachatez que me hizo sonreír y aprobar a la vez.

Era verdad, los objetivos diarios no sufrían bajas de producción. Así que les di permiso a todos para que puedan consumir, con orden, la merienda de media mañana del señor, quien se alegró mucho al escuchar mi determinación. Desde esa oportunidad tuve que acostumbrarme al silencio de las máquinas y a las carcajadas burlonas que provenían desde afuera del portón cada mañana laborable.

Por unanimidad, los muchachos habían obligado a cambiar el horario de ventas al Papa Huevo de diez a once de la mañana en punto, porque, según ellos, el hambre picaba más a esa hora y, además, el humilde señor traía chupetes como complemento mañanero.

Como era clásico, el alto portón plomo retumbaba con las singulares e inconfundibles paraditas que todos conocían, dadas debajo de la abertura de la puerta por un zapato desgastado que se asomaba, de cuero recocido y lleno de polvo, el cual esporádicas veces era lustrado. La algarabía era espontanea, llenando de silbidos y griterío que se alzaban sobre los ruidos continuos de las inyectoras que dejaban de funcionar para dar respiro a sus operadores.

—¡El Papa Huevo, eeeaaa!

Las gargantas rugían y las bocas se humedecían hambrientas. En realidad, parecía que no habían desayunado y esperaban con ansia llenar el estómago vacío. Mis hermanos me daban la contra al decirme que eran unos tragones y nada más.

Afuera el caos reinaba porque los muchachos rodeaban al humilde ambulante y lo atolondraban con sus reclamos para que les sirviera rápido.

—¡Papa Huevo, para mí un chupete especial!

—¡Tu papa está desabrida, viejo!

—¡Más ají, apúrate tío!

—¡Mi vuelto! ¡Yo te di cincuenta mangos, no te hagas el loco, viejo!

Cuando salía a poner orden, cada vez que podía, sentía al señor, a quien habían confundido a propósito para arrancar con sus burlas. El pobre no sabía quién pagó y quién no. Pero luego los muchachos se ponían a derecho, no sin antes pedirle disculpas entre risas, haciéndolo renegar.

—¿Cuál es su nombre, señor? —le pregunté al Papa Huevo, quien me miró con cierta desconfianza y, luego de unos segundos de silencio, me respondió seguro de su respuesta:

—Papa Huevo está bien, jefe.

—¿Cómo así? —le insistí.

—Papa Huevo, nomás, si no es de su molestia, patrón —me volvió a decir y, aun no comprendiéndolo, me resigné, alzando los hombros, tras las risas de los muchachos.

Un día me llamó muchísimo la atención cómo desde dentro de la carreta polvorienta se asomó la carita redonda de una niña, de rostro tierno y mirada tímida, que me miró confundida. Con rapidez el Papa Huevo intentó cubrirla de nuevo, pero era demasiado tarde para ello. La carreta rectangular había sido acondicionada para tener un espacio y una puerta que escondía a la niña dentro el cajón de madera. La pequeña, al empujar la hoja hacia afuera, se descubrió ante mí.

—¿Por qué llevas ahí a la niña, hombre? ¿Acaso no tiene a su madre o a alguien que la cuide mientras tú vendes? —le pregunté un tanto sorprendido.

La expresión de su rostro cambió y, levantando la mirada, me respondió:

—Papay, sí tiene madre, pero la pobreza hace que cada uno se lleve a un hijo. Ella también vende comida por las calles. Yo a mi hijita la llevo desde un mes de nacida en esta misma carreta, pero ella está acostumbrada. ¿Verdad, hijita?

Lo dijo agachando la cabeza a la altura de la niña. Ella asintió, volviendo su inquieta mirada a la mía. Descubrí su desconcierto, su resignación, ahogándose en su madriguera rodante como un animal que comprende su destino.

—¿Desde un mes de nacida? ¿Y cómo hacías para darle de comer y cambiarle el pañal?

El Papa Huevo se inclinó y miró al piso, como haciendo memoria, y luego de un largo rato me dijo:

—Ahí está, jefe, para que vea lo que se sufre al criar a los hijos.

Su respuesta me dejó paralizado y sin ánimo de volver a hurgar en su vida. Acto seguido, empujó su vieja carreta, siguiendo su ruta diaria por las inclementes calles de Lima Norte, perdiéndose al doblar la esquina, no sin antes girar su cabeza para mirarme un tanto asustado, temeroso de que lo denunciara a las autoridades por lo de su hija. Mientras tanto, yo permanecí por un largo rato en los límites del vacío, sin saber qué hacer.

Las fronteras abiertas tienen consecuencias funestas en los mercados nacionales que no producen insumos básicos de producción para sus empresas, pues no hay tecnologías que permitan transformar la materia prima en valores agregados para su industria. Todo se importaba en el Perú, en especial desde China, que, por lo visto, tenía todo lo que se buscaba: desde hilos para tejer hasta máquinas modernas, poderosas y rápidas que servían para la producción de la moda que se renovaba continuamente. Aquello les daba ventaja a los fabricantes chinos, quienes traían sus mercaderías a precios que no tenían competencia alguna, tirándose abajo cualquier industria nacional. A eso se le denomina monopolio y hace mucho daño a la mano obrera de una nación que no sabe protegerse del abuso de un imperio.

Existen mecanismos económicos para proteger la industria de un país. No se trata nada más de recolectar impuestos, como el avaro que luego vive en la miseria. No se trata de ahogar a las empresas, sino de ayudarlas sin necesidad de mandarlos a la quiebra. Hay que emplear estrategias sabias para formalizar a lo informal. Allí está la fuente de ingresos más importante del Perú, que permanece enterrado en el olvido y es mucho más importante que el mismísimo oro de los Andes que poseemos, porque eso otro no se acabará, permanecerá en el tiempo. Pero para recuperarlos hay que entenderlos uno a uno.

De nada sirven las multas ni los castigos cuando la gran mayoría de sus emprendedores se van a correr a buen refugio de la estupidez de sus gobernantes. Los gobiernos deberían amar a sus empresas privadas y cuidarlas con inteligencia para seguir sacando leche de la vaca que los sostiene, en vez de matarlas con sanciones arbitrarias, exorbitantes, para después no tener a quien cobrar, porque aquellos formales van a revivir pero como informales, se los aseguro.

Ese error es contagioso porque la gente se pasa la voz. «Dar para recibir», reza un dicho popular. Hay que ponerlo en práctica con urgencia. El Estado tiene que aprender a invertir para ganar, como lo hacemos quienes tenemos la mirada de frente y la nariz en la cara. Sin inversión no hay ganancia, sin riesgos no hay éxitos.

La SUNAT que creó Alberto Fujimori fue despiadada, abusiva, inhumana y golpeó con dureza a los microempresarios. Fue la Gestapo del Chino para amedrentar y controlar a nivel político al país y así lograr sus objetivos siniestros. Fue el terrorismo de Estado que implantó en las sombras para castigar a cualquiera vulnerando sus derechos adquiridos Enviaba a la cárcel sin escuchar alegatos, en donde jueces y fiscales obedecían de manera vergonzosa las órdenes de arriba.

La SUNAT se convirtió en un ave de rapiña más, para arrebatar lo poco que la gente podía haber construido con muchos años de esfuerzo. Había bodegas, bares, restaurantes, tiendas de ropa, zapaterías y galerías en crecimiento, entre otros, que eran cerrados a mansalva; ambulantes perseguidos a los que les arranchaban hasta sus carretitas para dejarlos en la más absoluta desgracia con el único fin inhumano de recolectar dinero a costa de todo, comportándose como ladrones al acecho o como los enemigos de Robin Hood, bajo el pretexto de poner orden.

Los emprendedores en nacimiento empezaron a huir para ocultarse hasta el día de hoy bajo el manto de la informalidad, traumados y enfermados por su propio gobierno. Difícil será sacarlos de las sombras, a no ser que contraten a buenos profesionales capaces de entender al peruano luchador y creativo. Un capital humano perdido y un tesoro por desenterrar.

Después de la crisis asiática las importaciones se multiplicaron, sembrando caos en las confecciones artesanales en vía de desarrollo. Se enfrentaron a una competencia desleal que Fujimori no quiso salvaguardar. Sus ministros de la época le echaron la culpa a la crisis mundial, diciendo que sufría incluso Brasil, haciendo mella en las heridas de las pequeñas economías que sumaban miles en el Perú y llevándolos a un desastre calamitoso sin esperanza de recuperación.

Los medios de producción empezaron a caer, los despidos por la privatización eran masivos y el ajuste fiscal en materia de tributación se volvía asfixiante e insoportable. Con ello la miseria aumentaba en los hogares humildes que vivían de los escasos empleos. El *fujishock* hizo estragos en los hogares y quebró a miles de pequeños negocios que, en mucho de los casos, no se pudieron recuperar jamás. Algunos que revivieron llevaban sobre los hombros deudas acumuladas y el fantasma de la recesión les golpeaba la puerta, junto a la competencia desleal de las importaciones chinas que campeaba en los mercados, monopolizando contentos con la venia del gobierno.

La brutal inflación de los años ochenta fue arreglada, es cierto, pero el costo social fue arrastrado por años. La macroeconomía crecía o se mantenía y los números estadísticos eran buenos, pero sobre lo que el gobierno de Alberto Fujimori no quiso saber era sobre el huaico que pasaba debajo del palacio, que llevaba a las microempresas al desastre, ahogándolos sin remedio.

El Chino le debe mucho a los pequeños emprendedores del Perú, a quienes les mató las esperanzas de progreso y, junto a ellos, también a su clase obrera, a la que le arrebató su sueldo, despojándolos de sus harapos de esperanzas y las pocas limosnas que podían llevar a su familia. Aunque muchos lo nieguen en todos los idiomas, mató de hambre a muchos niños por desnutrición en un país que aguantaba las terquedades políticas de ministros mentirosos, a quienes solo les importaban los números y nada más. Jamás apuntaron al bienestar de la población vulnerable a los cambios bruscos, solo pensaron en elevar el avión, llevando a los pasajeros de primera clase y abandonando a su suerte a los que se quedaban.

La importación de vehículos usados del Asia, en particular de origen japonés, que el gobierno permitió llenó el parque automotor, que estaba a punto de colapsar. Las vías de circulación se volvieron pesadas y lentas, aumentando el desastre de la ciudad con transportes pequeños llamados «combis», que no respetaban las reglas básicas de tránsito y atropellaban a los transeúntes hasta en los mismísimos paraderos, con el afán loco de ganarse pasajeros en una metrópoli sin previsiones futuristas de expansión demográfica. El monóxido de carbono siguió haciendo más daño cada día con el crecimiento más demente del tráfico, con lo que los limeños aprendieron a convivir a fuerza de resignación.

Inmerso en ese mundo en caos, cavilaba sobre mi mundo de conflictos con las manos sujetas al volante de mi carro color blanco. Tenía media hora estancado entre la avenida Habich y la plaza Dos de Mayo, detrás de una procesión de vehículos que se embotellaban en el puente que cruzaba el río Rímac, el cual servía de ida y vuelta.

Encendí la radio para no perder la paciencia y hacer menos insoportable la marcha, escuchando melodías de moda, mientras mi mente trabajaba en encontrar soluciones a los problemas que teníamos encima. Nuestra producción en la pequeña fábrica caía y el trabajo huía sin remedio. Las deudas flotaban con sus amenazas que asfixiaban el alma. Pero la preocupación mayor era dejar sin empleo al personal, pues lo necesitaban más que uno con sus conflictos empresariales.

Cuando al fin llegué a Dos de Mayo, doblé a la primera derecha del círculo y enfilé rumbo a la galería del mismo nombre, donde nuestro mayorista principal se ocupaba de la distribución de los productos que confeccionábamos. Después de una paciente espera, me pagaron un ridículo porcentaje. Las explicaciones del buen comprador eran obvias: nuestra economía de consumo se estaba yendo al carajo. Le golpeé con suavidad el hombro al tendero y le dije que no se preocupara, que no era su culpa, luego me marché de vuelta a casa.

El tráfico de regreso era peor que de venida. Solté un soplido y me dejé llevar, de manera calmada por el río interminable de máquinas rodantes.

Poco antes de meter mi carro a la cochera de la fábrica escuché unas conocidas carcajadas femeninas que provenían del lado izquierdo de la calle. Retrocedí para cerciorarme y vi a la quitasueño del Loco, melosa y pegada de un muchachito de su misma edad, delgado, alto, estrafalario, con vestimenta de colores fuertes y escandalosos, desde el *aletudo* pantalón al largo polo.

La Imposible, que era una chica frívola por lo regular, coqueta, de emociones fuertes y vanidosa, pareció al fin haber encontrado a alguien con quien compartir sus impulsos amorosos. Vestía un cortísimo *short* provocativo y se contoneaba con orgullo al lado de su conquista, riéndose de forma escandalosa mientras él mostraba aires de superioridad al lado de ella.

Eran casi las diez de la noche y la parejita hacía de las suyas, entre besos y abrazos, cuando al cerrar el portón, una voz conocida me hizo volver. Era el Loco, que había salido de su escondite.

—Qué enigmático eres, hombre, ¿y qué diablos haces aquí a esta hora? —le dije sorprendido.

—Ja, ja, ja, adivine.

—La Imposible.

—Sí, y ya sé a dónde se va con esa calavera andante.

—¿A dónde? —le pregunté, curioso.

—A la discoteca de El Retablo de Comas. Y ahí es a donde voy ahora. ¿Vamos a chelear, jefe?

—No, gracias, tengo cosas que hacer —le respondí a secas.

Su insistencia con la muchacha me intrigó. ¿Acaso se había vuelto loco de verdad para espiarla de día y de noche con obstinada y enfermiza pasión?

—Oye, muchacho, ¿estás enamorado de la chica o es que padeces de alguna enfermedad psicológica? En todo caso, debes acudir a un médico que te pueda ayudar.

Sus ojos de loco se torcieron en son de protesta y con jactancia le dio la vuelta a su inseparable bicicleta. Se alejó dando tumbos por el corredor, no sin antes responderme a unos metros de distancia y a gritos:

—¡La quiero, tío! ¡Y sí estoy loco, pero de amor! Ja, ja, ja.

Una sonrisa de estupidez estiró mis labios mezclados con cierta compasión hacia esa figura extraña, la cual fue desapareciendo a todo pedal por la calle silenciosa que brillaba con los focos potentes de los postes de luz. Mientras tanto, al otro lado la Imposible caminaba regia con su feliz acompañante, rumbo a la discoteca de los sábados.

La mujer revolvía su olla en busca de alguna cabeza de pescado, pero en su interior no había nada. Ni una maldita cabeza de ese aborrecible alimento que día y noche comían ella y su única familia: su hijo. La furia se apoderó de aquella humilde ama de casa. En un arrebato de locura incontrolable cogió con sus manos la olla, que aún hervía con agua y sal, y sin importarle el dolor del chamuscón que quemó sus dedos la aventó. El cucharón ennegrecido por los años también voló por los aires, derramándose por el suelo sin piso el contenido humeante, que la arena tragó sedienta.

Al volver en sí, menos mal, miró a su alrededor de rincón en rincón y comprobó que los únicos testigos de su pasajera cólera eran las mudas esteras, polvorientas y viejas, que parecían circular en el cuadrilátero de su única habitación. Caminó como sonámbula hacia su cama, tirada en un ángulo de su mísera morada, y se sentó. Se fijó en el silencio que la acompañaba, haciendo resaltar su pobreza que, aunque ordenada, le brindó un panorama desolador y desconsolante.

A un metro de su puerta de entrada se asomaba un cilindro oxidado y viejo que le servía para almacenar agua, que a duras penas llenaba en un interminable trajín por las escalinatas rústicas de piedras. Eran horas de idas y vueltas cargando balde tras balde, A través de cientos de metros, siempre y cuando llegase a tiempo para alcanzar a la cisterna que venía cada tres días.

Se cogió el rostro con ambos manos y allí supo que se las había quemado al arrojar la olla hirviendo. Soltó un quejido y vio que unas ampollas rojas saltaban debajo de su piel. Cerró los ojos para no seguir viendo su miseria y no pudo más, echándose a llorar como una chiquilla desdichada que no tiene a dónde ir.

Las esteras, el cilindro viejo y su cocina a kerosene escucharon sus gemidos y nadie más, hasta que sus lágrimas se agotaron. Los suspiros hondos se acabaron y sus mejillas se secaron dejando las huellas del sufrimiento impregnadas en su cara amarillenta. Y el sueño vino en su consuelo para apoderarse de ella y tumbarla a la dura cama que la cobijó con dulzura.

Su hambriento hijo llegó exhausto y la vio tendida en una extraña posición sobre las mugrientas frazadas, que más parecían harapos que cubrecamas. Se acercó cauteloso y tomándola de un hombro la sacudió apenas, para susurrarle en los oídos:

—Ma… ma… ¡Mamá!

En medio de su sueño, la pobre mujer escuchó que un ángel la llamaba con ternura, envuelto en un celestial marco brillante que la invitaba a venir junto a él, esbozando una cálida sonrisa de felicidad. Sus labios se estiraron para devolverle la sonrisa y atinó a decirle con esperanza:

—Ya es mi hora, ¿verdad?

Pero la voz cambió de repente y al abrir los ojos se encontró con los de su hijo, quien angustiado la miraba. Dio un brinco, saltando de la cama.

—Hijo… —le dijo sorprendida y, cogiendo la realidad, le preguntó—: ¿encontraste trabajo?

Sintió que su hijo la envolvió en sus brazos y la ayudó a mantenerse en pie, porque tambaleaba de debilidad.

—No, madre, pero traje cabezas de pescado.

Un aguijón lacerante golpeó el pecho de la mujer, mientras que sus tripas se torcían de náuseas. Acto seguido, corrió a darle bomba a la cocina, soltándole explicaciones burdas de la olla tirada por la arena. Cerró los puños para no quedar en evidencia y ensayó una sonrisa feliz, que tranquilizó la expresión preocupada del jovenzuelo.

La historia que me estaba contando el muchacho, ahora obrero nuestro, alimentaba mi deseo de escribirla algún día. Ellos vinieron de lejanas serranías huyendo después de haber presenciado la muerte de su padre, cuando solo tenía seis años de edad, a manos de Sendero Luminoso, el grupo terrorista más sangriento, desalmado e ignorante en su política de lucha revolucionaria que padeció el Perú.

Su nombre era Simón y para ese momento había cumplido diecisiete años de edad. Curioso, activo e inteligente. Solo una nube gris de tristeza se dejaba notar detrás de sus ojos negros, opacados por las desventuras. Llegó una tarde de octubre solicitando empleo. Me suplicó, desesperado, cuando supo que por estos lares dábamos trabajo a habitantes de los cerros y no tuve más remedio que admitirlo. Su alegría cruzó las fronteras de mi alma y mis ojos grabaron aquel momento de felicidad que desbordaban al humilde jovencito.

Simón jamás faltó al trabajo y fue el segundo más puntual de todos, después del Loco. El quehacer lo enardecía, haciendo crecer su alegría día tras día, y caló muy bien en el grupo de obreros. Aprendió a manejar la máquina inyectora con destreza y habilidad. Era un mestizo sumiso y honrado. A veces permanecía callado como una tumba fría, mirando a un punto fijo por varios minutos; pero aquellos momentos eran esporádicos y mejoraba de manera sustancial cuando regresaba al trabajo, el que hacía con vigor y entusiasmo, riéndose feliz con las bromas infaltables de los demás.

Un sábado después del pago no lo dejamos escapar, como era su costumbre, y le invitamos a un trago que aceptó tras mucha insistencia. Pasado un buen rato, luego de muchos tragos, empezó a hablar. Su historia nos fue paralizando poco a poco a medida que la relataba. Un silencio abismal nos inundó a todos los presentes. La botella de cerveza no circuló más y nuestra atención captó la desgracia del muchacho. Él lloraba y todos nosotros estábamos al borde de las lágrimas. Triste, demasiado triste para saber si era verdad o solo las fantasías de un niño. Pero la lamentable realidad en que vivíamos lo confirmó.

Una horrible noche unas voces potentes cortaron el sueño plácido de Simón, cuando era pequeño, allá en la lejana puna de los Andes.

—¡Abran la puerta, carajo, o la destrozamos!

Simón se encogió de terror y su madre corrió a abrazarlo, tratando de arroparlo con desesperación. Su padre abrió la puerta con nervios.

—¿¡Qué pasa, señores!?

Apenas terminó de hablar lo golpearon brutalmente en presencia de su esposa y su confundido varoncito. Luego lo arrastraron de manera salvaje al patio de la casa diciendo:

—¡Este es el soplón de mierda!

Su madre se quedó quieta por unos instantes y comprendió el destino de su marido. Agarró valor, tomando fuerzas de sus entrañas, y fue en busca de su hombre, clamando auxilio:

—¡Déjenlo… por piedad, se los ruego!

Una mujer se apartó del grupo armado y le propinó una solemne bofetada, diciéndole:

—¡Calla, mierda, o tú también morirás como el perro de tu marido!

Luego amarraron sin compasión al infortunado hombre y, dando vivas a su presidente Gonzalo, lo degollaron como a un infeliz carnero, sin asco ni perjuicio. Después con su sangre pintaron un cartel que anunciaba: «así mueren los soplones».

Por la ventana Simón lo observaba todo, sin comprender lo que sus ojos veían sobre aquel miserable y cobarde asesinato. A su madre la dejaron tirada a su suerte, en la inclemencia del frío, que aterrorizada lloraba sin consuelo abrazando a su hombre sin vida, en medio de un macabro escenario de sangre.

A Simón le rechinaban los dientes de pavor y una fantasmal incertidumbre se apoderó de él, que cayó desmayado con pesadez al piso, acompañándolo la telaraña de la oscuridad. Al siguiente día ya habían enterrado a su padre con prisa y sin velorio de consuelo, que era normal y se acostumbraba. Su madre empacó sus cosas esenciales al apuro y al ver la incomprensión atolondrada de su pequeño lo abrazó, dándole ternura. Con su calor de esperanza y lágrimas que le corrían por el rostro sin poderlas contener, le dijo muy a su pesar:

—¡Nos vamos a Lima, hijo mío!

Y escaparon como ratones en busca de vida. Así fuera en el infierno, pero al fin y al cabo vida.

Llegaron a Lima en los calores políticos de 1985, cuando Alan García Pérez se investía orgulloso con la banda presidencial y al APRA, por primera vez, la dejaban gobernar el Perú. Para Simón aquel mundo imaginario de poder y cobijo representó una nueva vida que poco entendía. La ciudad le pareció mágica y monstruosa: demasiados carros, demasiado ruido, demasiadas casas, demasiada gente y demasiados niños mirones que lo observaban como bicho raro, por su vestimenta y la imagen serrana que atraía curiosidad.

—Mamá, ¿por qué la gente me mira tanto? —le dijo a su madre, que no le soltaba de la mano.

—No sé —le respondió—, ¡camina rápido!

Y lo jaló por aquí y por allá sin rumbo ni dirección alguna. Conoció asombrado el centro de Lima y sus raras construcciones. Sus plazas le parecieron inmensas, llenas de flores, con vehículos enloquecidos que chillaban tocando sus bocinas hasta por cosas inútiles, mientras pedían limosna. Dormían donde podían, acurrucados en cartones bajo los techos sin paredes de las cocheras, donde los dueños se lo permitían. A veces eran echados con agravios feroces como: «serranos de mierda, regresen a pastear sus llamas».

Simón aprendió a convivir con la violencia, sea de insultos o de miradas racistas elocuentes que sufrían a diario, y desarrolló una pared de protección espiritual con la que poco le importaron las vejaciones.

Las calles de Lima lo vieron crecer y su madre se comenzó a asustar porque las limosnas bajaban a medida que su niño dejó de ser pequeño. Un taxista que los veía a diario en los semáforos se tomó el tiempo para aconsejar a su madre que, visto que su hijo había crecido lo suficiente, debería aprender otro oficio como, por ejemplo, lustrar botas en las plazas y ella vender caramelos, chocolates o cigarros a los transeúntes. Le hicieron caso, por supuesto, y Simón se volvió un experto sacando lustre a los zapatos.

Los once años le llegaron como por arte de magia, el tiempo se había pasado sin sentirlo y allí supo que el trabajo era sagrado, no solo para llenar la panza sino para consolar el alma. Tuvieron suerte de que alguien envenenó a los perros guardianes de un local que almacenaba carretas repletas de mercadería de todo tipo; amanecieron muertos con la lengua afuera y espuma en la boca por los alrededores del Mercado Central y fueron contratados, ella y su hijo, como guardianes de noche por el propietario del local en reemplazo de los canes fallecidos, por lo que el lugar les sirvió de hogar con baño, que era lo que más necesitaban a diario.

Hasta que su madre se enfermó de los pulmones y, a su corta edad, se vio en apuros, entre los pasillos lúgubres del Hospital Dos de Mayo. Felizmente, a su madre le dieron de alta con la esperanza de que había salido airosa de problemas mayores, por ahora. Él no logró entender mucho sobre los futuros cuidados que ella necesitaría, pero sí le dijeron con énfasis que su madre ya no debería trabajar respirando el humo de los carros. Con eso se quedó solo en su afán por sobrevivir.

Por azares del destino un familiar lejano los reconoció mientras deambulaban por las calles y los llevó a vivir en un asentamiento humano camino a Ancón, donde el viento llevaba arena a los ojos, mientras corría un húmedo invierno que azotaba toda Lima. El día del *shock* económico, Simón y su madre se encerraron en su choza de esteras y no probaron bocado alguno durante dos días, hasta que poco a poco siguieron a los demás zombis en busca de comida por la planicie de la ciudad.

Camino a su adolescencia lustrar zapatos ya no era rentable porque habían aparecido cientos de ellos y la competencia era atroz. En vez de cobrar un nuevo sol cobraban cincuenta céntimos de sol. Además, había crecido y los clientes huían hacia chicos menores que merecían su piedad.

Empezó a buscar trabajo y lo encontró a sus catorce años de edad. Lo explotaron más de un año con un sueldo miserable que él soportaba con el fin de llevar pan a su madre, quien lo esperaba todas las noches, sentadita mirando las neblinas desde los arenales de Ancón. Algunas mañanas despertaba cohibido, sin mucha esperanza, pero veía a su madre y se lanzaba a las calles de nuevo mientras veía con envidia a los muchachos de su edad, que disfrutaban de las aulas escolares donde podían estudiar.

Al cumplir los quince años se quedó sin trabajo y vivía de cachuelos de aquí o de allá. Pero las cosas empeoraban y los trabajos esporádicos se hacían más escasos cada día. En vez de comer tres veces al día lo hacía dos, luego una… Sí, una vez, y era pescado, solo cabezas de pescado que compartía con su afligida madre.

Un día, más de ciento cincuenta años atrás, el sociólogo y filósofo alemán Karl Marx, en su libro *El capital,* dio a entender que el mundo tendrá que globalizarse con una sola idea y que los medios de producción se verían involucrados en la igualdad de beneficios, con la repartición justa y equitativa de utilidades sin desbarrancar a sus empresas. Los monopolios no existirían más porque sería imprescindible la paridad mundial.

La idea no era mala, solo que, en su entusiasmo, Marx pensó que no se debería esperar un milenio, hasta que la humanidad se humanizara de verdad, para ponerlo en práctica. Abrió un camino peligroso al intentar someter a la fuerza a una sociedad no preparada para tal fin.

Si las generaciones no cambian por voluntad propia, libre y espontánea, es imposible un cambio radical a la acostumbrada vida social. Para eso existe la evolución, que va corrigiendo errores con paciencia. La filosofía de Marx no estaba escrita para su tiempo, ni para después de un ciento de años, o dos, ni siquiera para tres. Estaba pensada para después de uno, dos o tres milenios, dependiendo de la evolución de las generaciones que acepten los cambios a medida que se humanicen de verdad.

Cuando se humanicen los gobiernos, sus instituciones, los bancos, las empresas, la familia, el ser humano, será posible un cambio. A la fuerza no se consiguen cosas duraderas porque se desploman apenas se logra huir de ellas.

Marx cometió el peor error de su vida al tratar de implementar en su mundo actual teorías que no iban a funcionar jamás, afiebrado por su emoción de cambiar el mundo, cuando el ser humano es todavía egoísta, egocéntrico, envidioso, conflictivo, *mal hablao*, como dicen los colombianos, cuya ambición supera a su razón humanitaria.

El día en que los seres humanos aprendan a dar antes de recibir, entonces cambiará la filosofía sobre la faz de la Tierra. El día en que el rico aprenda a desprenderse de un poco de lo suyo para ayudar al que no tiene y el mendigo comparta sus mendrugos, entonces la teoría de Carlos Marx tendrá éxito. El día en que los gobiernos se amisten con sus vecinos, no abusen de sus contribuyentes, sus instituciones sean magnánimas con sus obreros, las empresas privadas aprendan a entender y comprender a sus trabajadores en sus quehaceres familiares y los bancos sepan entender a sus morosos ayudándolos a recuperarse sin castigos, entonces podríamos decir que estamos listos para el cambio universal de igualdad social para formar un mundo mejor para todos, ricos y pobres, cojos y ciegos, niños y ancianos, enfermos y sanos.

Lo que no se puede hacer es echar a un solo saco a todos y tratar de mezclarlos, porque las jerarquías no se pueden desaparecer ni siquiera en el cielo, dado que cada quien merece lo suyo con justicia de acuerdo a sus méritos logrados. El sol no puede ser igual a sus planetas que lo circundan, ni las estrellas a sus galaxias que los cobijan, ni los ángeles pueden ser igual a los demonios.

Mientras tanto nos tenemos que humanizar poco a poco si queremos alcanzar la paz social, con un futuro humanitario digno. No debemos destruirnos ni destruir a nuestra madre Tierra, que nos permite vivir a pesar de que abusamos de ella sin piedad, como si fuéramos su amo y señor cuando la verdad es al revés. Nuestro hermoso planeta nos tiene mucha, pero mucha paciencia, porque el día que se enoje nos desaparecerá como a los dinosaurios, que empezaron a depredar todo a su paso, creyéndose poderosos.

La soberbia humana no tiene límites en nuestro mundo actual junto a su egoísmo, cada quien jala agua para su molino quitándole al otro y viceversa. Está muy lejos el sueño de Marx, entonces. Las sociedades se jalonean aplicando sus propios criterios y principios basados en políticas públicas erróneas al no considerar al vecino como parte del cambio socioeconómico mundial.

Para revolucionar y saltar al cambio verdadero nuestros políticos también deben humanizarse, adquiriendo la capacidad de involucrar a los demás, aunque no sean de sus territorios; es decir, globalizarse, dejando de lado los patriotismos fanáticos que son los primeros causantes de la división de los países, así como también del racismo o la división de clases, que llevan inevitablemente a las guerras.

El mundo nunca ha ganado nada con eso. Solo eterniza los conflictos de venganza que nos están llevando a nuestra propia autodestrucción. En cambio, si nos tratáramos de entender otro sería el pastel, donde todos disfrutaríamos por igual. Entonces hay que empezar a humanizarnos y fomentar políticas públicas y privadas de educación para humanizar a las generaciones venideras. Esto cortaría de un hachazo, sobre todo, las guerras y nos daríamos la mano uno al otro para que ninguno padezca males significativos.

Parecen pensamientos utópicos, pero es posible si nos iniciamos persona a persona, familia a familia, desde escuelas a universidades, desde privados a gobierno, de países a continentes. Pero tenemos la obligación de empezar si queremos soñar con un planeta diferente y que, aún más importante, se pueda vivir en ella en santa paz.

Las experiencias nos ayudan, sin duda, a cambiar, sean malas o buenas. Quizás aquello es el motivo universal de nacer, para aprender de nuestros errores y ser mejores, no solo para el beneficio de uno mismo sino también para los demás.

Yo estaba aprendiendo de mis aflicciones empresariales y me fue sirviendo a medida que los obstáculos me caían encima. Como aquella vez, cuando un sablazo de desesperanza partió mi alma en dos con el doloroso filo de la noticia mientras leía la resolución judicial. Se hirió mi sano juicio de una manera sorpresiva al enterarme que tenía un ultimátum de solo tres días para que depositara las garantías prendarias; o sea, las herramientas de trabajo que poseíamos para sobrevivir.

Mi alegría fue mutilada, separándola de una realidad dolorosa, ruin, canalla. El mensajero leyó mi rostro pálido como la muerte y me dijo, con pena, como si se hubiese enterado del contenido.

—Señor, consígase un buen abogado y, por favor, firme el cargo que no tengo todo el día.

Sentí rabia mezclada con pena y, mirándolo a la cara, le solté dos improperios injustos, soplando mi dolor al pobre hombre que no esperó que lo firmara y huyó con rapidez, tirando la notificación por el piso del corredor. Me quedé parado, moribundo, sin ánimos de atinar a nada.

Entré al local y comencé a mirar las máquinas una por una. Pareció que sentían mi fracaso. Los obreros seguían sus labores, risueños, sin imaginarse que venía un terremoto que sacudiría sus vidas. Caminé hacia el fondo aturdido, sufriendo desmoralizado, desgastándome sin quererlo. Antes de llegar a mis socios giré como un trompo, dándome la media vuelta a la salida, y escapé hacia afuera, de nuevo, para pensar.

Me sentía cansado mientras caminaba sin rumbo, alejándome de allí. Mi cerebro era una bomba de tiempo a punto de explotar a causa de la impotencia por la falta de recursos para dar solución al problema en tan poco tiempo, y las leyes jurídicas me parecieron injustas, abusivas, humillantes. Todas las puertas conocidas que podían ayudarnos nos fueron cerradas por incumplimientos anteriores.

Me sentí fatal, desdichado, miserable. Pensé en los demás, que vivían experiencias parecidas, y me solidaricé con ellos, en especial con los jóvenes que tenían el derecho de construir sus propios castillos de ilusión, con los niños hambrientos que no comprenden el porqué de su suerte, con los mendigos que ruegan por un pedazo de pan. Lamenté la maldad disfrazada de bondad, de personas inteligentes al servicio del atropello. La noticia causó estragos en mi entusiasmo.

Encontré una banca solitaria en el parque y me senté. Cubrí mi cara con las palmas de mis manos y cerré los ojos para ver si vislumbraba alguna luz de esperanza. Permanecí allí largo rato y llamé a mi abogado.

—¡Primo, estoy jodido!

—¿Qué pasó?

—Me llegó una notificación judicial para que entregue las máquinas en un plazo de tres días.

—Qué raro, ¿has sido notificado antes?

—No.

—Voy de inmediato a tu casa —me respondió presuroso mi joven defensor.

Le pedí que nos viéramos en el parque para no alarmar a mis hermanos. Tenía que encontrar alguna solución a este enredo extraño. Mi abogado era diligente, astuto, rápido en sus quehaceres judiciales y llegó muy presuroso para atender mi caso. Leyó la resolución judicial, que estaba en su última fase de ejecución.

—No has sido notificado como se debe, podemos pelear todavía y ganar tiempo. Porque me imagino que eso necesitas, ¿verdad?

—Sí, claro, por lo menos eso.

—Entonces hoy en la noche me trasnocho y presento un documento al juez. No te preocupes —me dijo, llenando mis pulmones con aires de consuelo y recién entonces fui a donde mis socios a plantearles una posible solución al problema.

En efecto, habían hecho trampa: las primeras notificaciones no las hicieron llegar de forma incorrecta, de seguro con mala intención, con el único fin de dejarnos desprotegidos ante la ley e ir luego al remate, sin darnos tiempo para poder defendernos.

—Algunos abogados son unos hijos de puta con tal de ganarse la simpatía de sus clientes —me comentó mi defensor, molesto, al siguiente día, mientras íbamos a la sala jurídica asignada para mi caso.

Para mi felicidad, el juez se había dado cuenta de la tinterillada y admitió el recurso presentado por mi abogado. Sin esperar más, corrí a buscar dinero prestado, esta vez de mi hermano mayor, el que no era mi socio, quien me dio con mucho gusto todos sus ahorros confiando en mí. Por desgracia, casi terminamos peleados porque el plazo de devolución era demasiado corto. Como dicen por ahí, era «desvestir a un santo para vestir a otro». Y sirvió, porque pagamos la cuenta en su totalidad, librándonos por el momento de aquella arruga peligrosa.

Los bancos tienen en sus manos la solución a cualquier problema de deudas que se les pueda presentar, asegurando sus créditos de cualquier índole de morosidad con un seguro sólido, sin trampas ambiciosas, refinanciando las deudas, alargándolas o aumentando el capital a sus clientes para que puedan salir de los entrampamientos financieros. Realizar estudios en campo para leer sus problemas y ofrecerles soluciones inmediatas sin perjudicar su continuidad. Seguir dándoles créditos sin cortarlos es la clave del éxito, porque si pretenden cobrar sin un oxígeno de capital, a quien sea, lo terminan sepultando tarde o temprano, como sí lo hacen los viles usureros.

Los bancos tienen que humanizarse y saber comprender a sus deudores, brindándoles soluciones, sin necesidad de hacerles cargamontón. Un emprendedor honesto se conoce de los demás y es a ellos a quienes deben apuntar para echarles un salvavidas con justicia. Meter a todos en un solo saco para entreverarlos con los deshonestos y lincharlos me parece un despropósito inhumano y poco analítico. Además, pierden a clientes que pueden ser buenos en el futuro para sus intereses mutuos.

El mundo del futuro necesita mirar el horizonte con perspectivas diferentes, innovadoras, propicias para velar por la continuidad de las políticas generacionales. El mundo cambia y todos debemos cambiar con él si queremos vivir a largo plazo. Querer poner en práctica siempre la misma fórmula es un error, error grave que tiene consecuencias inevitables en bancarrotas gigantescas.

Ya vendrá un sistema bancario nuevo, fresco, juvenil con sus ideas de hacer negocios y, sin poder evitarlo, enviará al infierno a otro con ideas trasnochadas, poco inteligentes, que saca de sus plataformas los castigos públicos, como Infocorp, que no ven el mañana. Por eso la inteligencia artificial está ganando terreno ante la brutal terquedad del humano, que no ve más allá de sus narices.

Dicen que la guerra se gana de batalla en batalla y nosotros habíamos vencido una más en el largo conflicto que aún quedaba por superar. Entusiasmado de haber salido airoso del problema judicial, le dije a mi primo abogado que nos fuéramos a celebrarlo en algún lugar en donde, de paso, se pueda bailar, lo que aceptó encantado. Y como dicen: cuando se trata de chupar gratis, los amigos no se hacen de rogar.

Mi invitado llegó puntual y risueño, con las mejores telas que tenía, bañado y perfumado.

—¿Nos vamos? —me dijo.

—¿Tienes algún lugar predilecto? —le pregunté mientras ponía en marcha mi coche y le abría la puerta por dentro para que entrara.

Al ponerse cómodo se apresuró en contestarme, frotándose el pelo:

—¡A El Retablo, pues, hermano! Allí hay buenas hembritas. ¿O tú prefieres otro sitio?

La verdad no conocía muchos lugares de distracciones, así que a El Retablo nos dirigimos en medio de luces nocturnas y apañadoras de los vicios que albergaba la gran ciudad capitalina, la cual se estiraba como podía para ir acomodando a la muchedumbre que emigraba a una ciudad que representaba sus esperanzas.

Tomamos la ruta norte de la Panamericana, que es la principal vía nacional que cruza la costa del Perú. Entre broma y charlatanerías, aparté mi vehículo a la derecha y rodé a otra arteria que se internaba por barrios en vías de desarrollo: la avenida Universitaria, que era una autopista poco transitada e incitaba a pisar el acelerador, mientras que hacíamos planes para aquella noche.

Al llegar, aparqué el carro en los estacionamientos de la discoteca y nos internamos a un fulgurante salón de baile que se estremecía al compás de la música a todo volumen, haciendo vibrar hasta a las paredes que parecían sacudirse como parlantes. Había jóvenes de todo tipo y toda clase social que se entreveraban haciendo muecas con sus cuerpos, para gozar los ritmos de moda y, de paso, atraer la atención.

Las jarras de cerveza en manos de seductoras anfitrionas iban y venían de mesa en mesa, siempre atentas, persiguiendo a los bebedores. El humo envolvía a las luces para darle un ambiente tétrico y a la vez acogedor. Con razón la llamaban la Sodoma y Gomorra de Comas, porque la droga era camuflada con sigilo entre los presentes que lo solicitaban. Pero la borrachera alcanzaba su clímax después de la medianoche y hasta los adolescentes más timidones llegaban a tocar un pedacito de cielo con la ayuda de estupefacientes.

Fue fácil encontrar a un par de flacas que nos hicieron bailar a todo dar y nos acompañaron hasta el fin, haciendo estremecer las emociones motivadas por el alcohol. Valió la pena, después de todo, sacudirse de las preocupaciones y asistir a un escenario de cierta lujuria que, a veces, necesitan las personas para escaparse del mundo real, aunque sea a uno que esté a las puertas del infierno.

A la mañana siguiente, cerca de las diez de la mañana, me desperté con olor a humo en las carnes, con un dolor de cabeza que parecía que se me iba a reventar y con el recuerdo de aquel lugar infernal que sacudió mi conciencia. Mientras me daba un baño sentí la benevolencia de la tierra que, a pesar de todo, aún me cobijaba y Dios aún me perdonaba.

Era un domingo, y los domingos en Lima parecían días de paz, silenciosos, tranquilos, suaves, porque no había mucho tráfico que te amargue la existencia, ni choros que te asalten porque duermen como ricos. Puedes caminar sin el ajetreo bullicioso de las muchedumbres, que parecen aceleradas en terminar, cuanto antes, sus quehaceres cotidianos. Los domingos son de pereza, de mala gana, donde las familias prefieren estar encerradas en sus casas viendo la televisión y la ciudad se veía vacía de gente, en especial, en las mañanas.

Yo aprovechaba aquella ventaja de la ciudad e iba a caminar por los alrededores cuando me llamó bastante la atención ver a una jovencita acurrucada en una esquina. Tenía la cabeza plantada en sus rodillas desnudas, sus manos alborotaban sus pintados cabellos, insertadas en ellos con signos de crispación. La minifalda que vestía le cubría muy poco, hasta el calzón se le veía. Parecía que no le importaba ser vista o no porque al acercarme ni siquiera quiso percatarse de mí, a pesar de que sintió con mucha claridad mis pasos.

—¿Te pasa algo, muchacha? —le pregunté temeroso, con el ánimo de pretender ayudarla.

Tenía la blusa arrugada y maltratada. Alzó la cabeza con manifiesto desgano y la reconocí: era la Imposible, que lucía toda llorosa. Su maquillaje se había corrido y la pintura de sus labios la tenía hasta en la nariz. Sus suaves mejillas tenían las huellas del sufrimiento y la desgracia pegadas a su blanca piel. Me miró por unos instantes, como buscando explicaciones, y parece que no las pudo encontrar porque me respondió hundiendo de nuevo su rostro entre sus piernas desnudas, donde quedaron enterrados sus propios misterios inescrutables.

—Nada, no me pasa nada —me respondió desde el fondo de sus rodillas.

—Pero...

—Quiero estar sola, solo eso.

No supe qué hacer ni decir. Pensé en ir a su casa para avisar a su madre o a algún miembro de su familia, pero me arrepentí al ver a su pequeña hermana que ya se acercaba a ella. Seguí mi camino extrañado, preguntándome al respecto con un cierto dolor en el alma, pero, ¿quién conoce la vida de quién? Y empecé a correr, tratando de eliminar el alcohol que todavía tenía en el cuerpo.

La neblina densa, baja y gris que cubría la ciudad de Lima parecía eterna en sus húmedos inviernos, saturados por el humo constante de los vehículos que contribuían con sus gases a hacerla más oscura todavía. Sobre las heladas aguas del mar del Pacífico sur se extendía un gigantesco techo de nubes tupidas que no dejaban pasar los rayos del sol. Solo cuando uno se subía a un avión tenía el grato privilegio de salir de la humedad a la claridad infinita del amplio cielo de los Andes, cuyas impresionantes cordilleras refulgían como espejos por la nieve que tenían adheridas a sus cumbres, jugando de manera amorosa con el azul del verano en la sierra peruana.

La noche anterior, como siempre se hacía, fui a cobrar y la paga no era buena. Esto significaba que para el día siguiente no habría trabajo en las confecciones y así fue. La gran capital del Perú se movía con sus habitualidades, intensificándose los mercaderes ambulantes por donde los dejaban hacerlo, tratando de llevarse el pan de cada jornada para alimentar a sus seres queridos. Las radios repuntaban sus sintonías en horas de labores, sea en taxis, sea en las industrias. Nuestros obreros no eran la excepción, que lucían entristecidos por un día en vano, escuchando su emisora favorita.

—Y ahora, ¿quién pagará nuestros pasajes? —decía uno de ellos y yo, apretando mi disgusto, los miraba con compasiva impotencia.

Lo que podía hacer era esconder mis preocupaciones para no alarmarlos demasiado, ya que eran unos buenos obreros que habían aprendido a ser unos expertos en ciertos métodos de producción y, a la franca, no queríamos perderlos.

—Las ventas están por los suelos y hay deudas que pagar. Les prometo que saldremos de este mal paso y formaremos una gran empresa junto con todos ustedes. No será necesario detener nuestras actividades durante todo el año —les decía, tratando de convencerme a mí mismo.

Luego de ello, me miraban esperanzados y, comprendiendo, se retiraban desplomados con la mirada triste a falta de trabajo, que es el gran calmante natural de la vida misma, no solo para llevar recursos a sus hogares sino como medio universal de sentirse útiles como personas con derecho y así hacerse dignos ante la sociedad.

La tristeza no solo era para ellos sino para nosotros que padecíamos al verlos irse de esa manera. Nuestro espíritu se desgarraba al verlos casi derrotados caminar a sus casas con los bolsillos vacíos, para luego esperar día a día a ver si recomponían las cosas o tan solo buscar en los periódicos mejores oportunidades.

Lo que no se lograba comprender por parte del gobierno eran sus anuncios alegres en donde decían que las cifras macroeconómicas se habían logrado estabilizar, avanzando con fuertes respaldos fiscales y miles de millones de reservas fruto de las privatizaciones. Pero todo eso no llegaba a la población vulnerable ni a la reactivación de los mercados capitalinos, que pedían a gritos auxilio económico y, con ello, el impulso a la contratación natural de la mano de obra que los ciudadanos de a pie exigían. Era una enfermedad que el Perú sufría por dentro y el Estado nunca lo quiso ver. Regalaba mendrugos, paliativos para enmascarar sus políticas públicas con afanes reeleccionistas.

La micro y pequeña empresa en el Perú fue voceada y aparentaba estar respaldada, pero la realidad decía otra cosa. Jamás se hizo un real estudio estratégico para su desarrollo. Los préstamos a los que se llegaba a acceder, luego de empeñar hasta tu alma, no bastaban, porque los plazos de devolución eran demasiado cortos, con tasas de riesgo criminales. La recesión más los intereses mensuales altos acababan de dar la estocada final a las microempresas, y estas terminaban por perderlo todo. Su trabajo de una vida entera, sus activos a duras penas adquiridos y, lo peor, sus sueños hechos añicos.

Por ir por la soga se perdía la cabra. Solo las grandes empresas lograron salir airosas, las que luego aplaudieron al gobierno. Me imagino que fue porque tenían mejores oportunidades y gozaban de una buena salud financiera, con acceso a créditos a bajos intereses, por representar escasísimos riesgos bancarios.

La ventaja de no haber nacido rico es tener la necesidad de surgir a como dé lugar, a cualquier precio, ante cualquier obstáculo, frente a cualquier circunstancia, mediante cualquier esfuerzo y atravesando cualquier barrera social, porque de lo contrario no se puede alcanzar el éxito jamás.

Los sueños se convierten en realidades si se logra meter en la mente la fortaleza de la fe. Entonces las visiones tienen su fruto, su recompensa. Se paga piso, sí; se hacen sacrificios, sí; se enfrentan problemas y obstáculos, sí. Pero como toda siembra, por más desastrosa que pueda ser, se cosecha, y esa cosecha representa la satisfacción personal de haberlo intentando. No hay peor mal que no haberlo hecho nunca, aunque sea como experimento, porque por lo menos posees una aventura que contar. Eso ya es un logro, por supuesto que sí.

El río de gente que circulaba por el jirón de la Unión era asfixiante. Los cambistas ambulantes de dólares contaban y recontaban los billetes verdes a vista de todo el mundo, sin aparente miedo de ser asaltados. Los vendedores de las tiendas hacían sus mejores esfuerzos por llamar la atención para jalar clientes a sus establecimientos, con propagandas vistosas e iluminadas. Entreverado en medio de la muchedumbre, caminaba lento, conforme la procesión avanzaba, para visualizar ideas para mi negocio y de paso comprar algunos artículos para mi hijo mayor.

Las vendedoras ensanchaban sus sonrisas de oreja a oreja cuando nos invitaban apresuradas a pasar a sus locales. Tanta era la presión que llevaban por dentro los administradores que cuando lograban expender una factura sus semblantes se iluminaban, entonces comprendí que no solo éramos nosotros los que cargábamos con la cruz, sino que casi medio Perú lo hacía.

Cuando salí de las tiendas, después de cumplir mis objetivos, me sentí aliviado al pensar que tenía colegas que narraban el mismo cuento. En las bancas céntricas de la plaza San Martín una parejita se besaba feliz, apartados del mundo circundante, y los taxistas se desesperaban en quitar-se clientes, tanto que al verme casi me arrancharon mis pertenencias para ofrecerme sus servicios.

Para ser sincero y a pesar de todo, amaba a Lima o quizá era que la había aprendido a amar. Yo, un inmigrante serrano más, la quería. Quizás por dar-me la oportunidad de soñar dentro de ella o quién sabe el por qué. Incluso la defendía de ilustres críticos literarios como Alfredo Quíspez Asín, por ejem-plo, quien era un peruano, y también parisino, rebelde con sus raíces.

Era un viernes o sábado chico, como lo llamaban, y la ciudad se prepa-raba para los encuentros sociales. Al llegar a casa, el buen Simón me estaba esperando hacía un buen rato. Le debía una paga. Luego de arreglarlo me dijo, con un cierto tono de atrevimiento:

—Señor, quisiera que me diga la verdad, verdad, o sea, sincérese conmi-go, por favor: ¿va a haber trabajo o no?

Tuve la impresión de que aquel jovencito se parecía a un juez cuando quiere arrancar de tu interior algo que ya sospecha. Su pregunta más parecía un reclamo que un ruego. Hay momentos en la vida en que uno se siente acorralado, sin escape. Mis ojos seguro que trasmitieron los lenguajes de mi alma, porque lo respondí con toda la honestidad del mundo:

—Simón, tú eres un gran trabajador y hasta diría que eres el mejor que tenemos en la empresa, pero las cosas de verdad están mal, muchacho —le palmeé el hombro y continué—. Lo siento, pero ni yo sé qué pasará en los próximos meses.

—Gracias, señor, quería escuchárselo decir. Entonces, ¿puedo buscarme otro empleo?

Me lo dijo con tristeza, con dolor, como si quisiera no decirlo y, al mismo tiempo, probar mi desolación al verlo ir. Lo miré por unos segundos, escudri-ñando en mi interior para darle una respuesta firme a su interrogante.

—Estás en todo tu derecho, estimado Simón. Puedes hacerlo y estoy segu-ro de que cualquiera que te contrate se sentirá feliz de tenerte en sus filas. Si tú deseas, te daré una carta de recomendación por ser un excelente trabajador.

—Gracias, señor. Pero eso será para cuando lo encuentre, porque ahora mismo no sé a dónde ir ni por dónde empezar.

—Claro, no te preocupes —le dije mientras caminábamos hacia la salida.

Me sentí aliviado de cierta forma, desahogado por lo menos, no tan comprometido con él. Cambié de tema, sacando del ambiente el fastidio del momento, para decirle:

—¿Has visto a la Imposible afuera con un montón de chibolos?

—Sí y hace rato que está chupando con unos patas que se vacilan, si supiera el Loco…

Me respondió con una sonrisa, tratando de imaginarse la cara de su compañero de trabajo. Le dije que el Loco seguro ya lo sabe y, es más, debe estar por ahí espiándola. Ambos salimos afuera con rapidez, como dos chismosos que quieren saber más del asunto.

A la Imposible la vimos envuelta en un capullo de angustia, su adolescente vida corría peligro. La volví a ver embriagada, borracha de oculta desesperanza. Fumaba con avidez y su risa sonaba ingrata e hipócrita, a pesar de que su tierna juventud gozaba y florecía de belleza. Su figura de mujer deseada la hacía esclava de sí misma, con vestiditos cortos que desnudaban sus formas curvilíneas, invitando al pecado carnal. De hecho, los atrevidos mozuelos le pasaban la mano por la cintura y luego un pedacito de sus muslos y ella feliz. Las carcajadas engañosas iban y venían, apestando a alcohol y a nicotina del grupo de jóvenes que la circundaban.

—Esos chibolos son malos elementos —comentó Simón moviendo la cabeza en señal de desaprobación.

Parecía que sí. Aquellos amigos de la Imposible sin lugar a dudas no la respetaban y la estaban arrastrando a un mundo oscuro de banalidades pasajeras y placeres fugaces. Pero ella, daba la impresión, se sentía una reina amada, deseada por todos. La coronaban en su mundo de vanidad y les permitía de todo con tal de salirse con las suyas.

Había un muchacho al que vi la noche anterior acompañando a la Imposible, era como el *macho alfa*, del que muy pronto me enteré por boca del Loco que era un fumón y vivía de la venta de drogas al menudeo y algunas otras vivezas de las que luego sacaba provecho. Su fama era conocida y, tarde o temprano, la Imposible caería en sus redes tramposas o, tal vez, ya había caído, porque el comportamiento de la muchacha era de tristeza, de aflicción, de pesar.

—Pobres gentes, ¿verdad, Simón?

Le dije al jovencito que seguía a mi lado, recordando el título de una obra rusa. Él asintió y su mudez se extendió por un largo rato, pensativo y meditabundo. La música en plena calle era chillona, con unos parlantes iluminados que hacían vibrar los tímpanos. Los juergueros daban rienda suelta a sus bajos instintos azuzados por el vicio. Según palabras de Simón, los padres de la Imposible no estaban en casa, se habían ido a una pollada y la chica era bullanguera, de eso no cabía duda, así que le gustaba sacar partido de la ocasión y persistir en su tenaz idea de huir de la realidad.

Las nueve de la noche se acercaba y las bocinas lejanas de los microbuses iban menguando a medida que la clase obrera retornaba a sus hogares. Miré a Simón, que se había perdido en sus cavilaciones, y lo desperté, diciéndole:

—Simón, tu madre debe de estar preocupada. Debes irte, muchacho.

Reaccionó como si lo hubieran pinchado y, tomando su mochila, empezó a correr, cruzando la vereda camino a la Panamericana, mientras se despedía de mí a la volada. También yo debía hacer lo mismo e irme al departamento que tenía alquilado no muy lejos de la fábrica. Abrí el portón gris de la fábrica y salí, abrumado, pisando el acelerador.

Los filósofos griegos de antaño, en las épocas de oro de Pitágoras, Aristóteles, Sócrates y Platón, quisieron encontrarle color y sabor a la vida en su lucha entusiasmada por buscarle explicaciones al mundo y a sus misterios abismales. Concluyeron que no sabían nada de nada en sus logias apuradas. Tiempo al tiempo es lo que se necesita para encontrar las interrogantes del alma, que están en donde uno menos lo piensa. A veces, está en la pobreza extrema o en la opulencia más gigante. Y las verdades asombrosas no se encuentran de manera grupal sino individual. Por eso las experiencias sirven para ese fin, aunque parezcan programadas por un maldito canalla, que no es más que uno mismo.

Nosotros, que vivíamos inmersos en nuestras dificultades preocupantes y complicadas, le encontrábamos sabor a la vida en los albores del verano limeño, para satisfacer las actividades que llevaban esperanza y alivio a todo un equipo de trabajo que volvía a vivir, resucitando a las máquinas que esperaban con paciencia a ser rescatadas del olvido. La vida volvía a florecer como el entusiasmo de una semilla con su misteriosa velocidad.

La primavera llegaba y con ella las torturas se calmaban, porque la platita volvía y el pan retornaba a las mesas vacías de consuelo. La carga pesada que uno llevaba sobre los hombros se aliviaba y se hacía más llevadera con la producción que alimentaba la alegría para todos. De obreros a dueños, de vendedores a clientes, de familias a sociedades.

Los envidiosos que nunca faltan en la vida y que empezaban a odiarnos en secreto, deseaban nuestra desgracia solo por el hecho de vernos avanzar, a pesar de todo, en nuestros proyectos empresariales. Desfilaban curiosos, husmeando chismes para ver si les proporcionábamos la dichosa noticia del desbarranco financiero para hacer leña de nuestra sociedad. Pero, así como existen los demonios, también existen los ángeles. Había amistades con gestos incomparables que nos tendían la mano sacando lustre a su bondad.

Uno de ellos era nuestro distribuidor en la plaza Dos de Mayo, que se había resignado a vernos aparecer todos los fines de año, sin nada de productos que ofrecerle, solo promesas de fabricación. Él movía la cabeza, se reía de sí mismo y sacaba los fajos de billetes para entregarnos sin más garantía que nuestra palabra empeñada.

Un día nuestro padre llegó furioso a la fábrica y nos echó en cara todos los problemas existentes, indicándonos que era fácil salir del atolladero en que nos encontrábamos vendiendo todo lo poseído de un porrazo, para así disfrutar de la serenidad mental que ofrece la paz, sin los pesares, los agobios y torturas de las deudas que condenan la tranquilidad.

Comprendimos su estado de alteración porque nos veía, día a día, batallar con guerras poderosas, invencibles. Lo que él no entendía era que detrás de los sacrificios, lágrimas y sudores había la dicha de la construcción de un sueño, de una meta, de una inspiración futurista que llena el alma de satisfacciones. El éxito radica en hacer realidad lo que se sueña, lo que se visiona, no importando si te hace rico o pobre.

—¿Por qué serán tercos? En especial tú —me dijo mi progenitor, mirándome rojo de ira. Luego dio un portazo y se fue masticando su debilidad actual de padre sin autoridad suficiente.

Su partida nos dejaba tirones de desolación, pero nuestro ímpetu de seguir adelante nos invitaba a luchar y empujábamos la carreta del destino paso a paso, para resistir ante los embates del fracaso, producto de las deudas, la competencia desleal y la recesión.

Ya muy cerca de la Navidad en la capital peruana se dejaban notar los cambios en la vida de los negocios limeños. Los pedidos se incrementaban en todos los rubros, en todos los sentidos de aquí o de allá. Todo se movía con mayor vigor, las fábricas producían a su máxima expresión, los camiones llenos de mercaderías iban y venían, los ambulantes alfombraban las calles con sus chucherías de colores nutridos y la gente despertaba de su letargo entumecido para moverse con más brío con la llegada tímida de los rayos del sol que empezaban a filtrarse por las densas neblinas que cubrían la costa del Pacífico.

El contento se apoderaba de grandes y chicos, cuyos niños esperaban con ansia la llegada de las fiestas de fin de año. Eran sabedores de los regalos que los esperaban, porque los obsequios navideños llegaban, de todas maneras, hasta en los confines más miserables de la ciudad. Aunque sea un objeto de segunda mano conseguía llenar de dicha a pequeños inocentes que jugaban descalzos por los arenales, por los cerros, pidiendo al firmamento que les lanzara un milagro en sus empobrecidas existencias.

Nuestra sala de producción rugía de movimientos, tanto de maquinarias como de hombres sudorosos que se movían concentrados en sus tareas, atentos para no fallar. El ambiente se iluminaba de rostros que bailaban de contento y la alegre camaradería se hacía más evidente con la picardía elocuente e infaltable del Loco, que torciéndose alzaba la voz para cerciorarse de que sería escuchado.

—¡Este año habrá panetón y champán!

Todos levantaban la mirada para ver mi reacción. Yo recorría las instalaciones para hacerlos esperar con una sonrisa que afloraba mis buenos deseos y les decía:

—¡Claro! ¡Y quizás algo más!

Entonces el Loco se apuraba para agradecerme contagiando a los demás. Hasta el Papa Huevo se atrevió una vez a pedirme un panetón que con gusto le di, por consejo de alguien que le había soplado al oído, seguro del éxito que tendría el ambulante.

El Loco se transformaba cuando trabajaba a todo dar. Adquiría una fuerza motivadora frente a la prensadora, concentrado en su labor y acompañado de su torcida sonrisa que alimentaba su charlatanería, volviéndose rica e imaginativa levantando risas y alegría.

Él era el primero que pedía horas extras y había veces que se quedaba hasta altas horas de la noche solo contra el mundo con tal de ganar más, a sabiendas de la existencia de la temporada de las vacas gordas para guardar pan para épocas tristes de las vacas flacas. Se empoderaba de orgullo cuando la Imposible llegaba a visitarnos y sus compañeros de trabajo le hacían chilla recordándole que su amor no daba frutos. Entonces saltaba, cantaba, reía, vociferaba, se alocaba con tal de arrancarle una bella mueca a su adorada que lo miraba con simpatía y, entonces, su día era de triunfo, de dicha extrema, de gloria infinita, bastándole aquella simple migaja que la chica le ofrecía, cada jueves por las tardes, después de los almuerzos.

A la hora de salida, que por lo general era a las cinco, pasado el meridiano, saltaba sobre los lomos de su bicicleta colorida que amaba y pasaba por las narices de la Imposible sin dignarse, ni siquiera, a mirarla, rodando veloz frente a su calle, pedaleando con toda su energía disponible, cruzando como el viento orgulloso de sus acrobacias que hacían saltar las ruedas de su transporte con sus clásicas piruetas que lanzaba al aire.

La muchacha arqueaba las cejas, ofendida por no haberla mirado, y juraba en sus adentros que jamás le iba a regalar una sonrisa, pero a la hora de los loros no podía con su genio y terminaba rendida a sus pies, mostrándole su divina hilera de dientes perfilados y blancos, por lo que luego ella se odiaba a sí misma por caer en su propia debilidad.

A veces el Loco, arrepentido de su orgullo, regresaba por la cuadra a buscarla para despedirse como era debido, pero su amada le volteaba la mirada con desprecio devolviéndole la cachetada ofensiva. Él se reía manteniendo su picardía y se alejaba veloz, mirándola con testaruda obsesión, rumbo al cerro de Independencia, donde su asquerosa realidad lo ponía furioso cada vez que encontraba solo desolación y penas, fruto de la pobreza.

Las pocas veces que el Loco faltaba al trabajo era porque su bicicleta necesitaba mantenimiento severo y decía:

—A mi bicicleta la quiero más que a mi mujer.

Su hincha número uno, llamado Jaimito, alzaba la voz para repetir sin cansancio, cada vez que sentía que la gente se burlaba de él:

—¡Pobrecito el Loco, el Loco es bueno!

Si bien por una parte sufríamos duras preocupaciones, también disfrutamos de hermosas experiencias que elevaban las ganas de seguir adelante, cueste lo que cueste. Nuestras relaciones interpersonales con los obreros eran firmes, consolidadas, ventajosas y amigables. Mi deseo era justamente salvar esa perpetua unión invalorable de amistad y comprensión. Allí radicaba mi afán de hacer esa empresa, no solo para llenarme los bolsillos de dinero algún día, sino para llevar esperanza duradera a personas gratas que se involucraban con fidelidad.

La alegría se iba, sin más remedio, cuando culminaban los veranos de todos los años y los trabajadores lo entendían, año tras año. Ellos mismos se ponían en fila para escuchar los despidos que se hacían obligatoriamente.

Aquella vez empezamos por Luis, Luchito, como lo llamaban con afecto, un hombre al que le gustaba escuchar los pasillos ecuatorianos y encendía la radio todas las mañanas de ocho a nueve, cuando el programa matutino comenzaba. A la mayoría le causaban fastidio aquellas melodías lloronas y tristes, pero Luchito se había sabido imponer ante los demás y logró que respetaran su elección a punta de palabreos norteños, de donde él provenía. Nosotros no interveníamos en los hábitos culturales de ninguno, siempre y cuando supieran llevarlos con altura.

Luego le tocó a Martínez, un muchacho que nos sirvió ocho meses con hidalguía, soportando con tozudez las pausas donde no se trabajaba. Al escuchar su nombre se puso muy apenado y me rogó con lágrimas en los ojos que no lo despidiera. El alma se me partió de impotencia, de dolor. Hubiese preferido decirle que lo mantendría, pero, con sinceridad, no podía por más que lo deseaba, porque si no lo sacaba a él era a otro de más antigüedad, que se merecía permanecer en el orden de justicia de la cola del tiempo.

La depresión que seguía a los despidos obligados duraba todo el día; es decir, para los que quedaban, desde obreros a dueños. Hasta la sala de confecciones se volvía gris, apenada como el sol que se iba ocultando debajo de las densas neblinas de Lima. Siempre tocaba un lunes, porque los sábados era el día sagrado de los muchachos y nos dijeron que respetemos sus contentos de irse a chupar sin que nada los perturbe.

El lunes de los despidos era de silencio casi absoluto, solo las máquinas rezongaban queriendo hablar para, también, protestar. Ese día nadie hacía bromas, peor el Loco quien, aunque parecía fuerte, se hundía en tristeza con la moral por el piso. Más bien deambulaba la rabia silenciosa que se apoderaba del ambiente.

Tenían razones. El temor se expandía porque cualquier día menos pensado les tocaría la mala suerte a sus vidas y el pánico se iba tejiendo como una telaraña en todos nosotros. El lunes fatídico se convertía en el desgano general y, con ello, la producción normal caía de forma sustancial. Las deudas crecían y crecían sin poder contenerlas.

Por la noche, en los noticieros estelares pasaban imágenes del discurso del premier, inflando el pecho de satisfacción. Siempre fiel a los ideales del gobierno, leía los mensajes que le convenía políticamente, obviando los cambios reales que el Perú profundo necesitaba. El huaico que pasaba por debajo del Palacio de Gobierno era ocultado y era desapercibido para la mayoría de los ciudadanos inocentes, quienes le creían el cuento a rajatabla, ignorando los problemas serios que eran escondidos.

El presidente del consejo de ministros fue enfático al decir que el actual programa económico neoliberal marchaba bien, sin equivocación, y que el sistema macroeconómico se mantendría con el aval de las tres entidades financieras más grandes del planeta. El libre mercado se garantizaba y los inversionistas debían ver con buenos ojos el panorama de confianza que el Estado les ofrecía.

En cambio, la microempresa, que era y es la columna vertebral del país, no importaba, las que importaban eran las pequeñas y grandes empresas, que tributaban con regularidad. Los informales peor, más bien eran perseguidos como a vulgares delincuentes, con la amenaza de castigos cada vez más severos.

La verdadera herida que supuraba de años no era curada y la esperanza de un médico se posponía para un sector de la población que se moría de hambre y a pausas. Aquel descontrol era peligroso para los futuros destinos del país, porque tarde o temprano explotaría con una generación enferma y resentida.

—¿Para cuándo anunciará la distribución equitativa de la riqueza, señor ministro? ¿Acaso piensa que el valor de los peruanos será eterno? —le decía al televisor, como si el premier me pudiera escuchar. Luego la impotencia aunada con la rabia me llevaron a la cama, apagando el televisor con decepción hacia nuestra clase política que no sabía leer la realidad nacional en lo más básico y elemental.

Jaimito era el trabajador más noble que teníamos y un admirable ser humano, hincha número uno del Loco. Era charapa, de la selva peruana del oriente. Había venido de Lamas, que se encuentra a media hora de Tarapoto, hacía más de quince años atrás y su figura era diminuta, encorvada, frágil. No era un enano, pero parecía serlo. Se había achicado por la joroba y los embates perversos del *bullying* escolar desde las aulas de la escuela primaria en su tierra natal. Tanto había sido la burla sufrida que aprendió, en su afán por sobrevivir a los golpes de sus compañeros, a ocultarse bajo cualquier objeto que le sirviera de escondite.

Esa costumbre se quedó grabada en su mente y en su forma de vida, a tal punto que cuando vino a pedirnos un puesto de labores lo primero que hizo el primer día de trabajo fue meterse debajo de las escaleras que daban al segundo piso de la construcción. Un escondite incómodo y húmedo que más parecía una cueva improvisada o un hueco oscuro, una ratonera. Allí iba a desayunar, a almorzar y, algunas veces, cuando hacía horas extras, a cenar. Cuando todo el mundo le preguntó el porqué de su costumbre de meterse en ese hueco, él decía que era un lugar seguro para descansar, meditar y soñar.

Ya no era un niño o adolescente como para, quizás, comprenderlo, más bien cumplía los 34 años de edad. Nos causaba sorpresa que se ocultara allí, solo, sin que nadie se atreviera a molestarlo, considerándolo una cierta guarida privada a la que tenía derecho y no permitía visitas de nadie. Pareciera que ese hueco oscuro le daba seguridad, confianza y vida.

Cargaba una mochila tan pesada que parecía que llevaba piedras en vez de ropa o comida de rancho. Después nos dimos cuenta de que portaba una variedad de libros y leía en la oscuridad de su cueva con dificultad, tan solo gracias a la luz del día que se filtraba y que era más intensa, de seguro, cuando el sol brillaba en la costa.

Una vez Berman, el muchacho que nos siguió desde el barrio de Ingeniería, le quiso hacer una broma y, acercándose con cautela, se metió a su hueco con el fin de saber de él. Se encontró con una fiera irracional que lo sacó de manera violenta a punta de golpes, patadas, rasguños y mordeduras, así que nadie se atrevió a volver a provocarlo jamás.

Lo increíble era que cuando salía de su guarida era un ser humano normal, se comportaba con mucha educación con todos, trabajaba callado y con mucha eficiencia. Era muy inteligente, aprendía sin dificultades, hasta se atrevía a contar los chistes secos de su tierra para hacernos reír. Cuando pedíamos algún voluntario que quisiera hacer horas extras, él se apuraba a levantar la mano ofreciéndose sin ningún pero que lo dificulte. Además, era un observador perspicaz, agudo, hasta se daba el lujo de interpretar y sacar a la luz los pensamientos pecaminosos o bondadosos de sus colegas.

Juraba y rejuraba que el más bueno de todos era el Loco. Lo decía con una convicción tenaz, segura, con afición suicida, ciego de fe por él. La única explicación lógica que se tenía era que tal vez se había enamorado en silencio del Loco, aunque nunca dio muestras de ser afeminado y más bien hablaba de ser machote y se jactaba de ser un tigre con las mujeres de Lamas, quienes, según él, eran pedilonas en la cama.

Jaimito también era impermeable cuando quería serlo y nadie le podía sacar información así como así. Se encerraba en su mundo de tal forma que ni siquiera yo, a quien tenía cierta confianza, le pude hacer soltar la lengua para saber de él o de su familia. Pero una mañana el Loco nos contó la historia personalísima de Jaimito, que le había confesado como solo se confiesa frente a un sacerdote, con la promesa de no andar contándosela a los demás, pero el Loco era un lengua suelta y no pudo con su genio.

Nos dijo que Jaimito era pequeño y jorobado por una situación grave que le había sucedido cuando apenas cumplió los cinco años de edad en la escuela de su pueblo.

De niño Jaimito había tenido la suerte celestial, la fortuna millonaria, de ser un superdotado en inteligencia humana y cuando apenas tenía tres años de edad ya sabía leer y escribir con facilidad, solo viendo a sus hermanos mayores hacerlo. Cuando sus padres se dieron cuenta hablaron con la directora de la escuela para que lo pudiera recibir lo más pronto posible y ella les dijo que, según la normativa educativa, solo se podía recibir alumnos a partir de los cinco años de edad en el jardín de niños. Él recién los cumpliría en unos dos meses más, pero, en vista de sus habilidades, dijo que se podría tentar ingresarlo al primer grado, saltándose la preparación que brinda el nido preescolar.

Allí empezó el problema. Cuando el niño genio llegó a la institución educativa a cursar el primer grado de primaria, con la ilusión cargada en los hombros y la sapiencia de su intelecto anormal, sus compañeros mayores comenzaron a tenerle envidia, una envidia feroz, venenosa, cruel, biliar. Planearon su tortura con premeditación, alevosía y ventaja por ser más grandes que él.

En horas de recreo lo encerraron en el salón y le dieron una soberana paliza que le desvió la columna vertebral y lo amenazaron de muerte si se le ocurría contar a alguien lo sucedido. El terror de la muerte que sintió con los gritos que le fueron ahogados, con una chompa entre sus dientes, lo traumaron en lo más profundo de su ser, pues aún era tierno en carnes, huesos y espíritu.

Pero esos fueron solo los primeros golpes, porque después le seguían dando más cada vez que podían. Lo fueron humillando, dominando, sometiéndolo a sus caprichos a medida que los meses pasaban, hasta que el pobre se rindió a sus verdugos y no pudo crecer como un ser humano normal. Se fue envolviendo como un ovillo, escondiendo su rostro en los hombros para mirar de soslayo.

Le prohibieron darse de sabio y él tuvo que hacerse el bruto delante de la profesora y no destacó más ni pudo terminar el primer grado como debería. La directora, desanimada del niño prodigio, lo hizo repetir el grado y fue peor para él porque llegaron alumnos más sádicos y perversos que los primeros. Dada su fama, lo volvieron a golpear, a vejar y humillar, le decían de todo: bruto, jorobado, feo, imbécil. Jaimito se fue achicando no solo en cuerpo y mente, hasta el punto de que cuando avanzó en los grados aprendió a buscar refugio en los recreos y a esconderse de los malvados para no sufrir los vejámenes que eran las piedras de cada día.

A medida que crecía su contextura se fue engrosando pero no ganaba mucha altura, y por esto, sumado a la joroba que desarrolló por el desvío de su columna, se quedó chato, casi enano. Su apariencia fue, en efecto, como lo habían planeado sus compañeros de estudios, pues quedó ridiculizado física y mentalmente.

Cuando llegó a la secundaria sabía más que los demás, pero se sujetaba y solo rendía a perfil bajo para no levantar sospechas académicas notorias que podrían perjudicarlo. Jamás tuvo una aventura amorosa, jamás tuvo la esperanza de estudiar como hubiese querido, jamás creyó en sí mismo y jamás luchó para revertir el daño que le hicieron, aprendiendo a vivir con su trauma y a someterlo solo para poder sobrevivir. Es por eso que tenía dos personalidades: una fiera que habitaba en él que lo volvía irracional y una falsa para poder comer y llevar pan a su hogar solitario.

Tuvo el coraje, al terminar la secundaria, de huir de su pueblo. Ya no lo soportaba más, ni siquiera a sus padres o hermanos, quienes no lo pudieron comprender ni tampoco averiguar qué le pasaba por la cabeza, así que decidió irse de allí con la esperanza de no volver nunca más.

Tenía dieciséis años cuando se vino de Lamas a la capital del Perú. Llegó a donde un familiar que lo acogió con cariño en su casa y él recompensó ese afecto con comedimientos continuos en el hogar. Pidió que le dieran el cuartito maltrecho de la azotea y no quiso, por nada del mundo, un dormitorio decente en el segundo piso, como le ofrecieron. Eso sí, era muy activo y al tercer día que llegó se puso a buscar trabajo para no ser una carga más para sus parientes.

Trabajó en muchas fábricas, entre ellas Topi Top, la cual, en sus inicios, era una empresa de confecciones de polos de verano. Así fue rotando de empleo en empleo a medida que él los soportaba a ellos, porque no encontró un escondrijo en donde meterse o no lo dejaban hacerlo. Lo hacía para apaciguarse con su alma y escarbar bondades dentro de sus traumas sufridos para así poder entender al mundo con las crueldades que a él lo rodeaban. Hasta que mendigó su guarida con nosotros, en donde se quedó a gusto por mucho tiempo porque nosotros sí se lo permitimos.

La risa torcida del Loco hacía que uno tomara en broma la historia que contaba, pero cuando terminó de hacerlo miramos a Jaimito, que yacía en el fondo sin enterarse de su propio cuento, trabajando con el empeño y la dedicación que todos admirábamos. Desde aquella vez lo respetábamos más que nunca y él nos correspondía con afecto y sabiduría.

Cuando se trataba de hablar de cultura general era un ducho en la materia y poseía unos argumentos filosóficos, políticos y matemáticos increíbles. Sus colegas de trabajo lo empezaron a llamar Enciclopedia Viva, porque en vez de buscar en la biblioteca, ya que en aquella época no había Google en los teléfonos, le consultaban a él quien, les brindaba la información precisa y concisa, y de yapa también consejos académicos puros.

Cuando le preguntaban:

—¿Cuál es tu peor defecto, Jaimito?

Él respondía, muy seguro de sí:

—Yo mismo y enterito, en cuerpo y en alma.

Cuando se pedía el paradero de Jaimito, en horas de almuerzo o de descanso, los muchachos respondían casi al unísono: «en su hueco, jefe, ¿dónde más?». Y cuando se le iba a ver, parecía un ratoncito, asustado y al acecho.

La guerra de los Balcanes se dio inicio contra un país solitario, atacado por un gigante que nadie se atrevía a contradecir, y como toda guerra se volvió cruel, despiadada. Un desigual conflicto en plena Europa, cuna de grandes transformaciones mundiales y luchas de nunca acabar. Guerras que traen sus colas y afectan la economía mundial. El Perú no se libró de sus consecuencias y atrajo recesión, a pesar de que el marco exitoso del Gobierno fue controlar la inflación de manera adecuada. Pero el impacto llegó y con ello la tacañería del Estado se volvió más *chungo* todavía. Las divisas que teníamos se guardaron bajo siete llaves, sin ánimo de hacer las inversiones públicas que el país necesitaba con urgencia para hacer circular el dinero que era la clave para generar empleos.

En la población de extrema pobreza peruana también se libraba una guerra y tal vez la peor: contra la miseria humana que el Gobierno desatendía por completo. Se convirtió, más bien, en un monstruo que atacaba los bolsillos de millones de mendigos que luego de recibir limosnas, les eran arrebatadas para mantener el avance macroeconómico que el Fondo Monetario Internacional había recetado, vigilándolo con muchos celos.

Nuestra unión sufría el primer embate grave, invitándonos a separarnos, producto de los desbarajustes empresariales que se avecinaban sin que lo pudiéramos evitar. Mis hermanos querían levantar vuelo, cada uno por sus propios cielos, y hasta era lógico, entendible. No podía mantenerlos más en mis torrentosos sueños de querer empujar el barco enterrado en la arena, solos contra un sistema de gobierno impiadoso, conchudo y cínico, el cual solo veía de su cabeza para arriba sin atreverse a ver sus pies, que empezaban a gangrenarse tanto que, años después, le tocaría comerse hasta el cerebro.

—Y ahora, ¿qué vamos a hacer? Las ventas bajan bastante —me dijo mi hermano, con el cual hicimos el primer pacto sagrado más hermoso de este mundo.

No me sorprendió su pregunta, la estaba esperando. La sacrosanta unión se fue resquebrajando, la armonía se desbarataba, el edificio de ilusiones de la sociedad se estaba desmoronando producto de los temblores inevitables de las discusiones. La culpa de las deudas era cargada por mí, por ser el más arriesgado, el más suicida al ir tapando huecos abriendo hoyos enormes, difíciles de sostener con la romántica idea de seguir viviendo, de aguantar para seguir protegiendo a los demás que acompañaban nuestra aventura.

La amistad se fue quebrando día a día, mes a mes, año tras año, y el agotamiento sin descanso echó sus raíces, para luego salir a la luz las verdades amargas por mucho tiempo retenidas. Las logramos soportar con estoicismo y con la esperanza de un milagro, pero el monstruo de la realidad era más fuerte y nos fue separando, aprovechándose de su fuerza descomunal, producto de una injusticia social que iba sembrando en el vientre de un Estado podrido, ajeno a la realidad.

—A la franca, no lo sé, hermano. Esperemos que las cosas mejoren —le respondí a sabiendas de que daba inicio a una discusión.

—Eso nos dices todos los años, hermano —dijo mi otro socio minoritario, con el cejo fruncido de cólera.

No tuve argumentos para responderle como hubiese querido, porque los que tenía ya los había gastado en los años anteriores para seguir adelante. Solo atiné a salir afuera y dejarlos con sus dudas echadas al aire. Un súbito y frío ventarrón golpeó mi cara, alborotando mis cabellos. Levanté mi chaqueta a la altura de mi cuello y caminé… solo caminé.

La siguiente madrugada desperté furioso conmigo mismo. Me senté pensativo al filo de la cama, queriendo encontrar luz en aquella oscuridad solitaria. Me hice la señal de la cruz y empecé a rezar el padre nuestro, tal como me había enseñado mi madre desde que tuve uso de razón. La plegaria calmó mi angustia y la serenidad regresó a sosegar mi espíritu ofuscado, cansado, colérico, entristecido. Luego llegó la niebla del olvido trenzándose con mis febriles sueños, que hacían saltar mis emociones en un vaivén perpetuo.

En cuatro días no me volví a aparecer por la fábrica y me encerré en casa releyendo mi libro favorito: *Cien años de soledad*. Reabría sus geniales páginas después de quince años. No lo veía desde que terminé el colegio secundario, allá en mi tierra lejana, escondida a los ojos del mundo, ocultándose entre los cerros de los Andes. Volví a meterme en el universo mágico de Macondo y sus berraqueras. Volví a gozar sus frases, que parecían provenir de un alienígena y no de un humano común y corriente. Volví a huir de mi realidad espantosa recorriendo el libro página tras página, pausa tras pausa.

Me hizo olvidar por completo los problemas que me agobiaban. No tuve tiempo ni siquiera para almorzar en el comedor de mi casa o para ver los programas envolventes del Discovery Channel, como acostumbraba, ni tampoco para escuchar los análisis literarios y filosóficos del fresco y enigmático Marco Aurelio Denegri, que me fascinaban. Y es que *Cien años de soledad* poseía ese poder de subyugarte, dominarte, encantarte, atraerte como un remolino que te llevaba hasta sus profundidades para ahogarte de placer.

Cuando llegó un lunes de junio de 1998 estaba fresco, renovado, entusiasta de nuevo. Al verme, mis hermanos preguntaron por mis forzados días de vacaciones que me di. Les respondí que había viajado a un mundo de fantasías. Se rieron al verme contento, con buen ánimo para trabajar y contagié a mis recelosos socios y trabajadores con estas recargadas energías que renovaron su tenacidad y mostraron su fuerza de empeño con la causa común.

Nuestra vieja amistad salió a flote y los planes se volvieron intensos. Las Fiestas Patrias se avecinaban con sus gratificaciones económicas, que movían al país de sur a norte, del centro al oriente, y nuestros afanes regresaban a ser placenteros, alegres, motivadores.

—¡El Loco se ha tirado a la Imposible!

El grito del Cuña, un obrero nuestro, llegó hasta los rincones más inexplorables del salón de confecciones, alborotando a todos, absolutamente a todos, incluidas las máquinas que, de pronto, dejaron de funcionar y, después de la sorpresa, se tejió en el aire una sensación clara de ir por el chisme completo.

El Cuña apenas había entrado al trabajo lanzó aquella frase difícil de creer. Lo rodeamos encerrándolo en un círculo para entrar todos y escucharlo con claridad. Jaimito, el incondicional amigo fraterno del Loco, fue quien empezó con las preguntas:

—¡Estás hablando huevadas, Cuña!

—¡De verdacito, lo juro por Diosito!

—¿¡Cómo y dónde!? —le dijo Simón, contrariado.

Se llamaba Enrique, pero le decíamos el Cuña porque un verano había traído al taller a sus tres hermanas para que ayudaran con la costura y el embolsamiento de las sandalias que fabricábamos. Eran simpáticas, blanconas. Una más esbelta que la otra. Mi hermano, que era el menor de todos, se enredó de amores con la más delgada en sofocantes encuentros amorosos. Las otras dos, que eran las más rellenitas, también aprovecharon la ocasión y se acostaron con dos de nuestros obreros. Desde aquella vez, en lugar de llamarlo Enrique, le pusieron de sobrenombre el Cuña, que era la apócope de cuñado. Lo trajo el Loco de los cerros de Independencia, del Ermitaño para ser exactos, y lo recomendó con afán.

Ante el tenaz interrogatorio, el Cuña se puso rojo, nos miró a todos y con su clásico lenguaje de barrio y *tipilengua* que era, expresión que se empleaba con aquellas personas que no podían articular bien las palabras por defectos de la lengua, nos empezó a contar al detalle el gran incidente sexual de la parejita que no se podía juntar ni por San Puta.

El Loco espiaba a la Imposible, en especial los fines de semana. Por lo general lo hacía solo, pero como era el amigo confidente del Cuña, el sábado anterior, muy entrada la noche, estaban *chupando* después del pago, como era la costumbre, cuando en un momento de los tragos el Loco le pidió al Cuña que lo acompañara a la discoteca El Retablo de Comas, a donde siempre iba su adorada. Con mucho gusto su amigo aceptó y los dos se fueron de rumba.

Al llegar se toparon con un grupete de amigos de la Imposible que tomaban, fumaban y bailaban con frenesí, como si el mundo se les fuera a acabar. El Loco ardía de celos viendo cómo, con gran desparpajo, abrazaban a su amada, cómo le pasaban la mano a su amor imposible, quien solo reía, tratando de estar serena.

Resulta que se había enamorado perdidamente del Flaco, que casi siempre la sacaba los sábados, aprovechando que la madre llegaba rendida de trabajar y se acostaba temprano, confiándole la hija al papá. Él se vendía por una botella de ron barato y dejaba a la muchachita a la deriva, mientras él se largaba por solo Dios sabe dónde con su tesoro en mano y no volvía hasta secar la última gota de lo que le habían regalado. Luego se privaba de sueño, durmiendo en cualquier corredor que la suerte le echaba.

Cuando despertaba, los perros ya lo habían orinado encima y el amanecer lo había pillado babeando su camisa, que estaba hecha una sopa maloliente a la altura del hombro. Entonces se levantaba e iba presuroso a su casa junto a su mujer, que aún roncaba, y se enfilaba como una pantera sigilosa, metiéndose debajo de las sábanas. Entre sueños, su mujer lo sentía y lo único que siempre le preguntaba en el sopor de su lucidez era por la niña. Este siempre le respondía mintiéndole con descaro que ella estaba durmiendo feliz en su alcoba. Entonces su mujer se daba la vuelta y seguía con sus ronquidos estruendosos hasta el mediodía.

El Flaco, dueño y señor de la Imposible, hacía lo que le daba la gana con ella, sabedor de que se había enamorado de él. Le había robado su virginidad, su pudor, su orgullo, su belleza, su honorabilidad y su condición de mujer vanidosa porque, además de golpearla cuando estaba ebrio y drogado, poco a poco la convenció de que el amor es más delicioso cuando se comparten las carnes apasionadas haciendo tríos, cuarteros, jugando a Sodoma en la cama.

Al inicio la jovencita no atracó sus desmanes, pero él la fue introduciendo de forma paulatina, ayudado con la marihuana, hasta que la fue dominando y metiéndola en sus torcidos y caprichosos desvaríos sexuales. Por eso, cuando la Imposible volvía a la realidad y se libraba del enamorado, se echaba a llorar, espantada de sus actos pecaminosos.

El Flaco era el líder de un grupo de jovenzuelos que lo seguían, lo admiraban y lo consideraban un semidiós. Además de ser sus soplaculos incondicionales eran sus fanáticos fieles hasta la muerte. ¿Quién en su sano juicio compartía su novia con sus amigos? Casi nadie, de seguro. Por eso lo amaban y le rendían una pleitesía casi sagrada.

Las dos de la mañana se introducía en la noche limeña y la discoteca El Retablo de Comas hervía de jóvenes que malgastaban sus pobrezas a todo dar, afiebrados, enloquecidos por el alcohol y los estupefacientes que se vendían debajo de las mesas. El Loco también estaba ebrio, al igual que su amigo el Cuña, muy cerca del grupo de amiguetes de la Imposible. De pronto, el Flaco algo le susurró al oído a la Imposible, esta solo atinó a asentir y, al cabo de un rato, el grupete salió.

—Se están yendo, Loco —le dijo el Cuña, señalando la salida.

—Nosotros también, Cuña, nosotros también —le respondió eufórico el Loco y salieron detrás de ellos.

Habían tomado un taxi negro con rumbo desconocido, seguidos por los dos amigos que no los perdían de vista en el otro transporte, cuyo chofer estaba advertido de seguirlos a donde sea que fueran. Al cabo de unos veinte minutos pararon frente a un hostal de letrero escandaloso en la avenida Universitaria y sus ocupantes, que eran cuatro incluida la Imposible, se metieron raudos al interior del hospedaje. En la recepción pagó el Flaco abrazado a su pareja y sus dos amigos, un medio zambo y uno casi enano, los acompañaban.

El Loco había corrido detrás del vidrio de la entrada y pegó la oreja y el ojo izquierdo para no dejarse ver. Escuchó que habían alquilado la habitación número 301 del tercer piso. Apenas subieron, el Loco le hizo señas al Cuña para que entrara con él. Frente al recepcionista, el Loco pidió una habitación en el tercer piso.

—¿Desea una doble, señor? —dijo el empleado del hostal, mirando con una expresión rara a los dos amigos.

—Sí —le respondió el Loco con su cara torcida, apestando a humo de cigarro.

El Cuña no entendió mucho a su amigo y lo llamó aparte, con desconcierto, para decirle rojo de vergüenza:

—Oye, Loco, yo no voy a entrar contigo en la misma habitación.

—Carajo, huevón. Yo no te voy a tirar, solo quiero que me acompañes para saber qué mierda están haciendo esos hijos de puta con mi *jermita*.

—No es tu *jerma*, Loco 'e mierda.

—Bueno, ¿me vas a ayudar o no?

—Es que el recepcionista piensa que somos maricones, ¿no ves?

—¿¡Qué te importa, huevón!? —le dijo con mirada severa el Loco a su amigo—. ¿O te sientes del otro bando?

—No, 'tas huevón.

—¡Entonces camina! —le volvió a decir, cogiendo la llave de la 304 y dejando los controles del televisor en las manos del empleado que se quedó boquiabierto, sin saber qué decir.

Subieron las escaleras corriendo y saltando las gradas de dos en dos pasos. Abrieron la puerta de la habitación y el Loco volvió a salir en busca de la 301, que encontró al frente de donde ellos se habían alojado. Caminó en puntillas y pegó, de nuevo, la oreja a la puerta. Al interior se escuchaban risas y cuchicheos.

—Oye, Calín, no te pases, pues —le escuchó decir a la Imposible—, yo no quiero que el negro me meta por el culo. Su verga es demasiado grande y me duele mucho. Del enano puede ser o el tuyo, no importa, pero del zambo no.

—Mi amor —le respondía el Flaco, besándola en los labios y acariciando sus puntiagudos senos desnudos y duros—, te lo va a meter despacito, mientras me mamas la pinga y el enano te lo hace por tu rica zorrita blanquita, mi amor.

—¡Carajo, te he dicho que no! Si tú quieres hazlo tú por ahí y al zambo le mamo su verga grandota.

—No, mi amor, tú sabes que yo planifico los tríos —le respondió con la cara seria, al mismo tiempo que la obligaba a echarse en la cama de cuatro patas.

—¿Has traído lubricante, siquiera? —le volvió a decir, resignada mientras abría las piernas y el enano se tiraba debajo de ella para lamerle la conchita de abajo hacia arriba.

Al cabo de unos minutos, el zambo se le acercó desnudo con su enorme falo erecto, mientras el Flaco se divertía llenándole la boquita con el suyo y acariciando los cabellos de su esclava de amor, alborotándolos a su gusto. Se escucharon los escupitajos del negro, que mojó su verga y humedeció el bello culito de la Imposible, quien empezó a tiritar nerviosa.

Apenas el negro puso la cabeza de su verga y quiso empujarla, la *jerma* se movió y resbaló por sus nalgas preciosas, suaves y redonditas, no encontrando su objetivo. Cuando lo volvió a intentar, la Imposible soltó un gritillo, luego un grito y, sacando fuerzas de flaqueza, se levantó furiosa, mientras casi ahogaba con su rodilla el cuello del medio enano que empezó a pedir auxilio, para decir:

—¡Concha tu madre, mierda! ¡Ya no quiero! —le dijo asustada la Imposible al Flaco, que empezaba a deleitarse con la orgía que había armado con anticipación.

—¡No me molestes, carajo! —le dijo el Flaco, mientras la amenazaba con pegarle.

—¿Me vas a pegar de nuevo, Calín? —respondió la muchacha fuera de sí y defendiéndose como una fiera acorralada le dijo—: tú eres un enfermo de mierda y no me quieres como dices amarme, estas pendejadas no son normales, carajo.

La bofetada que le pegó el Flaco a la muchacha sonó fuerte, retumbante, mientras que el zambo y el medio enano se empezaron a reír. El Loco se volvió loco de rabia, parido de cólera y tomó distancia para patear la puerta, haciendo trizas la chapa que voló por el piso de la habitación. Entró como una tromba huracanada y se armó el pleito, la trifulca, el pandemonio.

Todos los ocupantes de la habitación se asustaron. Estaban desnudos del todo. El primer golpe lo recibió el Flaco, que voló por sobre la cama. El zambo quiso cubrirse poniéndose el pantalón, pero no llegó a tiempo y más bien se entrampó, recibiendo una solemne patada en el estómago que lo dejó sin aliento por un buen rato. El medio enano había logrado coger la lámpara de noche y la lanzó en la espalda del Loco que, furioso como estaba, ni siquiera lo sintió. La Imposible corría por sus prendas desperdigadas pensando lo peor, no había reconocido al Loco y creyó que un delincuente se la quería tirar a la fuerza, al igual que todo el mundo.

En ese instante entró el Cuña y envolvió a puñetazos al medio enano que tuvo que huir debajo de la cama para guarecerse del castigo. Cuando el zambo se recuperó fue con todo contra el Loco y le propinó un puñetazo en los pómulos que lo hizo caer. No le duró mucho la bravuconada porque el Cuña, que era alto, también lo terminó masacrando. Quedaba el Flaco que, con puños en alto, atinó a decir ensangrentado:

—¿Quién concha de sus madres son ustedes para venir a joder aquí?

—Soy el novio de tu *jerma*, rechucha tu madre —le respondió el Loco con su mirada torcida como si hubiera adquirido el perfil de un verdadero loco asesino.

—No sabes con quién te estás metiendo, basura. Te voy a mandar a matar —le dijo el Flaco, escupiendo su cólera y mirando a la Imposible para ver si lo apoyaba.

—Ja, ja, ja, puerco de mierda —le respondió el Loco—. Más bien tú cuídate de mí, porque tengo todo el barrio del Ermitaño a mi favor, que sabe dónde vives y yo sí te puedo matar a ti, a tu madre Cristina, a tu padre Fidel y a todos tus hermanos juntos, quemándolos dentro de tu propia casa en una madrugada mientras duermen, cloaca.

El Flaco enmudeció de pronto al saberse descubierto y su palidez fue notoria. Se fue arrodillando y empezó a pedir perdón. La Imposible lo miró, derrotado, débil, enclenque, poca cosa, poco hombre, lleno de sangre, y el amor que le tenía, la deidad que le tenía, la pleitesía que le tenía al igual que sus amigos, se fueron como aletazos de águila cuando pierde su carroña. Como un zumbido, como un trueno lejano, el amor, de repente, se fue, se esfumó.

A ella le atraían los machos corajudos, poco bestias, animales salvajes, pero ese pedazo de hombrecillo cagándose de miedo le dio asco, náuseas, vómito. Miró al Loco y lo vio magnífico, apuesto, hombre corajudo, como a ella le gustaban. Tomó fuerzas de nuevo y corrió hacia el Flaco para propinarle una sonora patada en los huevos desnudos, haciéndolo aullar de dolor, mientras se retorcía por el suelo agarrándose las bolas que se empezaron a hinchar. El Loco y el Cuña lanzaron una carcajada de placer.

—Nunca más me busques, chucha 'e tu madre, porque yo misma te voy a matar colgando tus pelotas y cortándote la porquería de pene que tienes entre las piernas, enfermo de mierda —le dijo la Imposible empoderada y muy segura de sí.

Después cacheteó y escupió al zambo y al medio enano amenazándolos con cortarles las vergas si los volvía a ver. Salieron presurosos los tres, dejando al Flaco y sus compinches masacrados y desnudos, y bajaron las escaleras corriendo. Tiraron las llaves al portero, quien no supo qué hacer con el tremendo escándalo que se había armado.

Tomaron un taxi deprisa y huyeron. Ya medio calmados, la Imposible tomó la batuta de la noche y les dijo a los dos amigos, que la habían salvado de semejante horror, que ella invitaba a seguir chupando y bailando en la discoteca El Retablo de Comas. Y allí se dirigieron.

A la habitación 301 llegó la policía y arrestó al Flaco, al zambo y al medio enano por tener requisitorias policiales.

—Gracias, Loquito, por salvarme —le dijo la Imposible al Loco, que vivía el momento más extraordinario de su existencia, mientras bailaban pegaditos mirándose a los ojos.

Desde el inicio dieron rienda suelta a las picardías amorosas, a los rodeos cándidos, a los pequeños tocamientos imperceptibles, al baile previo al apareamiento. Y entonces se empezaron a gustar; mejor dicho: a la Imposible le empezó a gustar, porque el otro amante ya estaba perdidamente enamorado de ella.

Los movimientos eróticos comenzaron por parte de aquella fémina apasionada al darle la espalda, ofreciéndole su pecado carnal, su poder de mujer, y se le fue acercando cada vez con más atrevimiento, se fue pegando y pegando con sus nalgas juveniles, duras, cálidas, a las partes íntimas del Loco, que empezaron a inflarse y crecer, queriendo reventarse y reventar el cierre del pantalón, buscando salidas urgentes.

El frenesí de las melodías de moda se volvió mágica, turbia de deseo, de pasión incontrolada, hasta el punto que no les importó el resto de humanos que los circundaban perplejos por los desatinos sexuales de la parejita que los exteriorizaba sin perjuicios. Y seguían encantados en su propia burbuja de ardores, de delirio, de vehemencia, de locura.

La muchacha se contoneaba como una serpiente pegada al miembro viril de su acompañante, que la tenía abrazada de la cintura, afiebrado por un impulso animal. Hasta que el Loco explotó y mojó sus calzoncillos y su pantalón, traspasando su vestimenta baja para humedecer la pequeña faldita que cubría las caderas de la joven. Ella sintió el bombeo en sus nalgas y, comprendiendo, se giró, lo miró roja de deseo y besó los labios del muchacho que no cabía en su felicidad.

Momentos después, salían de la discoteca envueltos en un capullo de engreimientos, rumbo a un hostal, con el Cuña que les servía de guardaespaldas, absorto de lo que sus ojos veían.

Subieron los tres a la misma habitación de un hospedaje de Los Olivos. El motivo de que no alquilaran otro ambiente para el amigo fue porque se les había acabado el dinero y solo alcanzaron a tomar una habitación doble: de una plaza y media y de dos plazas. Nadie protestó y, calladitos, se enfiló cada uno en su respectiva cama: la grande para la reciente parejita de enamorados y la pequeña para el guardaespaldas al que no podían dejar abandonado en la calle a las cinco de la mañana.

—Tú no escuchas nada ni ves nada —lo advirtió el Loco al Cuña con fiereza, y este asintió de inmediato.

—No se preocupen, yo no existo para ustedes —contestó el Cuña y se metió en la cama sin sacarse la vestimenta que llevaba puesta encima.

—Hay un problema, mi Loquito —dijo la Imposible, todavía drogada y con el alcohol subido a los sesos—, yo no puedo dormir con la luz apagada.

—Pues ni modo, cariño mío, dormiremos con la luz prendida —le contestó el Loco, también borracho de licores y de amor. Luego, dirigiéndose al Cuña, le dijo—: ¡y tú! ¡Tápate la cara, las orejas y el hocico! ¿Ok?

—Claro, claro —le respondió el Cuña y, acto seguido, se envolvió con las sábanas de la cabeza a los pies.

La Imposible ya estaba desnuda por completo cuando el Loco terminó de hablar, y se le echó encima mordiéndole los hombros, los labios, chupeteándole el cuello, las orejas y arañándole la espalda con aquellas uñas largas, cuidadas a la perfección, sacrílegas, loca de ansiedad. Abrió las piernas y se entregó mojadita de deseo, de pasión acalorada. Soltó un gemido al sentir la verga del Loco entrándole hasta el alma y los grititos no se hicieron esperar, sacudiendo de ansias sexuales al Cuña, quien no lo pudo eludir mientras que el Loco gozaba la dulzura de una dicha sublime, mágica, celestial, imposible para ser de verdad.

El Cuña estaba sudando, sintió que su miembro varonil se sacudió hacia arriba y alzando las sábanas cogió una rendija de visibilidad, para ver aquel entrevero de amor de travesuras misteriosas. No pudo más y se agarró la verga para correrse un solemne y lujurioso pajazo con tremenda hembra de culo redondito, escultural, que se entregaba toda y que la estaba disfrutando su amigo de toda una vida, con merecida justicia.

—¿Qué hiciste? —le dijimos al unísono al Cuña, que estaba como perdido recordando la madrugada del domingo. Alzó sus ojos claros y nos miró a todos, en especial a nosotros, los propietarios, y nos respondió rojo de vergüenza.

—No lo pude evitar. Perdónenme, jefes, ¡pero me corrí el pajazo más rico y bacanazo de toda mi vida!

Nos reímos y a carcajadas. El Jaimito, que era el más tímido y recatado, no rió. Se retiró despacio, moviendo la cabeza, parecía derrotado. Dijo lo que siempre decía cada vez que se tocaba el tema del Loco, pero esta vez lo pronunció con un poco de llanto, de dolor y con más ahínco que nunca:

—¡Pobrecito el Loco, el Loco es bueno!

Al Loco no lo vimos una semana entera. Se fue de luna de miel, cada noche, como entreverado de contradicciones sorpresivas que a veces te brinda la vida. Quería extender su dicha como sea, saborearla con lentitud, gozarla mientras pudiera hacerlo, conocedor del problema que le iba a hacer la vieja de la Imposible el día que se enterara. Lo mataría, sin duda, porque ella odiaba a los habitantes de los cerros. Decía que el mal de Lima no era la política sino los miserables emigrantes que la vinieron a habitar sin tener un centavo en su bolsillo, generando choros, drogadictos, resentidos sociales, rebeldes y terroristas.

Ella era una empleada decente que se rompía el lomo para mantener a su familia, con un alcohólico a cuestas, pero que lo hacía con la frente en alto, orgullosa de ser una mujer trabajadora que no vino a dar afán al gobierno, sino a aportar con su esfuerzo. No como esa tira de vagos que habitaban los arenales, dando problemas a la sociedad limeña.

Pero, además, el Loco no vino porque era orgulloso y no quería que lo viéramos con el ojo negro del soberano puñetazo que recibió la madrugada del domingo.

Llegó, al fin, el lunes tempranito, antes que nadie y con media hora de ventaja para explicarme, entre feliz y avergonzado, que se había tomado una semanita de vacaciones adelantadas por asuntos estrictamente de faldas, que no pudo posponer por nada en este mundo. Yo lo recibí sonriente y lo felicité por la conquista azarosa de su amor platónico que, más bien, ahora era una realidad tangible.

—¿Y cómo sabe, jefe? —me dijo torciéndose, como de costumbre.

—El Cuña nos contó todo, por completo —le respondí palmeándole la espalda.

—¡Ya sabía que el chismoso del Cuña no se iba a callar, lo sabía! Siempre ha sido así —lo dijo entre risas de orgullo.

Cuando los muchachos llegaron, se armó una fiesta de preguntas. Querían saber detalles más íntimos, más profundos, contados por el mismísimo Loco, pero él los cortó con una solemne respuesta seca y contundente:

—¡Váyanse a la mierda y no me jodan!

Alguien todavía se atrevió a decir, mientras iba a su puesto de trabajo:

—Eres mi héroe, Loco de mierda.

Y el trabajo retornó a sus quehaceres, las máquinas rezongaron de nuevo, en un ambiente de sueños, chismes y risas, hasta que se oyó la clásica patadita del Papa Huevo que golpeaba el portón gris, mientras gritaba desde afuera: «¡papa con huevo!». Entonces salieron en tropel casi todos los obreros.

—¡Felicitaciones, Loquito! —le dijo a bocajarro y sonriente el Papa Huevo cuando lo vio al Loco.

—¿Por qué? —le respondió de inmediato, extrañado el Loco, mientras se soplaba de un bocado un huevo entero lleno de ají.

—Por la pelea que tuviste para poder adueñarte de la Imposible —le contestó el ambulante, mostrando su cómplice picardía.

—¡Cuña de mierda! —le dijo el Loco, volteando la mirada hacia el amigo chismoso—. Ya sabía que lo ibas a contar a medio Lima, incluyendo a este viejo picarón.

—¡Yo no he sido, por mi mare, Loquito! —respondió el Cuña, con la boca llena de papa—, fueron ellos que le dijeron al Papa Huevo después de que yo les conté —continuó señalando a los demás.

—Es lo mismo, pue', cabeza de chorlito —le respondió el Loco, dándole un manazo suave en los hombros al Cuña, entre las carcajadas del resto de obreros.

—Y hablando del diablo —dijo Simón, codeando al Loco que comía a su lado y señalando al otro extremo de la calle, con disimulo, para luego continuar—. Mira quién pasa por allí.

La Imposible caminaba por el frente del corredor, enrostrada de felicidad. Venía a sabiendas de que a esa hora los muchachos hacían una pausa o, mejor dicho, desayunaban. Venía a sabiendas de que vería al Loco de seguro allí. Venía a sabiendas de que era una hora adecuada para banderearse, no solo con su fresco amor, sino para mostrarse con los demás, porque le encantaba ser vista, admirada, deseada. Venía para saber cuál sería la reacción de su amado al verla bonita, espléndida, iluminada de dicha. Venía a saber qué comportamiento tendría su Loco al verla frente a todos.

Cuando estuvo a tiro de piedra, como dice Jaime Bayly en uno de sus escritos, le lanzó una espectacular sonrisa llena de amor a su fresca y sorpresiva conquista, que lo hizo sonrojar de la cabeza a los pies. El Loco no supo qué hacer o mostrar en aquel instante de vergüenza súbita. Nada más se quedó paralizado al sentirse direccionado, querido por una hembra de ese calibre que se lucía como una reina, como una diosa, dejando estáticos y botando babas a los presentes, incluido al Papa Huevo, que volteó a mirar asombrado, sin percatarse de que, aprovechándose de su descuido, uno de ellos le hacía el avión con una porción más de desayuno.

—¡Hola, chicos! —les dijo la Imposible con un tonito atrevido, gracioso, cantarín, *cachoso.*

—¡Holaaa! —le respondieron casi todos, devolviéndole el saludo, espantados por tanta amabilidad que jamás pensaron disfrutar.

Solo el Loco se quedó callado, mudo de fascinación, enviándole una sonrisa estirada de contento. Y ella se pasó, se alejó contoneándose, perdiéndose al doblar la esquina, soltando una risa de grandeza femenina, de empoderamiento de mujer enamorada.

—¡Qué hembra, hermano! —le dijo el Galletita al Loco, el obrero más antiguo y palomilla que teníamos. Él había venido de la selva de Tarapoto al igual que Jaimito y era de Lamas también. Contaba, a cada rato, sus chistes secos de su tierra, como lo hacía Jaimito, que hacían reír a pesar de que parecían tontos, bobos, sin mucho color ni gran entusiasmo. Su nombre era Abilio Flores.

—¡Es una mamacita, Loquito! Felicitaciones, causa —le dijo Berman, el limeño del barrio de Ingeniería que nos siguió con fidelidad a la urbanización Industrial.

—Se llama Camila, mi Camila —dijo el Loco, de repente, hinchando el pecho, sabedor de que ni siquiera conocían su nombre verdadero.

Y después todos lo palmotearon, dándole su aprobación que él agradeció feliz, enorgullecido, envanecido, complaciente. Miró su reloj y entró al local, dejando a los demás que rebuscaban sus sencillos para pagarle al Papa Huevo.

—Y es que no la han visto desnuda —dijo el Cuña con la voz bajita, cuidándose de no ser escuchado por el Loco, que ya no estaba, haciendo saltar de carcajadas a sus compañeros, que lo ovacionaron a tingotazos en las orejas por pendejo y mirón.

El día se iba con su crepúsculo enrojecido en dirección al mar del Pacífico. Lima empezaba a encender sus luces y el bullicio de las bocinas enloquecidas en la Panamericana Norte se hacía sentir hasta en los interiores de la fábrica. Los muchachos se despedían de las labores y nuestro afán de producción tenía su fin hasta pasado el feriado de Fiestas Patrias, que coincidía con el cumpleaños del presidente de la República, Alberto Fujimori, el mismo 28 de julio.

Los sobones del gobierno lo ensalzaban, chupándole las medias a las ganadas, temerosos, adulones, entripados con sus atenciones y lo felicitaban, deseándole muchos años de poder y de vida placentera. Bueno, para ser justos, un poco de eso se merecía por haber controlado la hiperinflación de Alan García y por mantener la estabilidad del país. Pero fue a costa de los millones de mendigos que tenía como aportantes y que resistían los abusos, los embates y los arrebatos de poder de un Estado insensible, cruel, homicida y cínico. Este, teniendo el mando del quehacer político, social y económico del país, no supo tener un acertado plan social, con lo cual hubiera coronado con éxito su último mandato, pues, al parecer, no pensaba renunciar.

Nosotros, los pequeños microempresarios que sumábamos miles en el Perú, vivíamos mendigando créditos de las entidades financieras que nos atendían con poco afecto y que abusaban de nosotros con tasas de interés elevadísimas, aniquilando a los emprendedores. En vez de ayudarlos, los terminaban de hundir después de empeñar, prendar o hipotecar sus bienes, sin más remedio para acceder a un ridículo préstamo que se elevaba con tasas compensatorias y moratorias, haciéndolos terminar en los pasillos de los juzgados, que apretaban el cuello con la venia del Estado peruano.

A pesar de eso, el motor del país, que eran las pymes, resistió para ver a su país salir del atolladero económico, social y político de ese gobierno incapaz e inhumano que tuvimos en la década de los noventa. Se vendía oro por fuera y la sociedad agonizaba por dentro.

Los bancos y financieras pequeñas cometían el error, que hasta hoy subsiste, de no echar un salvavidas a sus clientes, que ni eran ni quisieron ser morosos, y los abandonaban a su suerte, a la deriva, viéndolos ahogarse sin tener la valentía de arrojarles una ayuda, como era proporcionarle más capital, para así poder revivirlos y seguir ganando dinero.

El cliente bueno es bueno, solo hay que tratar de entenderlo, ver su historial crediticio antes de la debacle, su perfil de emprendedor con visión positiva y salvarlo a toda costa. Entonces las entidades financieras tendrán solidez futura, generarán confianza y tendrán una larga vida en un milenio en el que las generaciones tendrán que sensibilizarse, humanizarse, quieran o no, para poder subsistir en el mañana sin caos social que lamentar.

A la sociedad hay que educarla, no castigarla. Las amenazas, los castigos, las multas, las cárceles, ¿sirven de verdad a largo plazo? ¿O será mejor construir una sociedad humana, con valores, con principios, con honorabilidad? Para combatir la delincuencia, el resentimiento y la rebeldía es mejor atacarlos en su raíz profunda con ayuda social de bienestar, de dignidad, de amor.

¿Se llegará lejos con las políticas actuales de multas, castigos, guerras y egoísmos? Lo que se necesita es que nos humanicemos todos, de ricos a pobres, unirnos en un solo puño como razas que se comprenden y no se ofenden, respetarnos y respetar a los demás, amarnos como humanos que somos y amar a nuestro planeta para no destruirlo. A ese proceso, que parece complicado, se le llamará unión y no egoísmo, desde individuos a naciones.

Pero también, hay mezquinos y egoístas que se quieren apropiar del esfuerzo de otros sin merecerlo, que construyó con mucho sacrificio. Mezquino y egoísta es aquel que sin esfuerzo quiere tener lo que otro construyó con mucho sacrificio. Mezquino y egoísta es, también, aquel que quiere que lo condecoren sin ameritarlo. Mezquino y egoísta es, también, aquel que quiere apropiarse del bien ajeno sin merecerlo. Es como si alguien quisiera a la mujer de otro por el simple hecho de desearlo y nada más, despreciando el amor adquirido.

El cojo no puede ser igual al manco ni el ciego igual al sordo. Por ahí no es el camino, el sendero es la humanización y la comprensión mediante la educación acertada a sus civilizaciones para lograr el bienestar general sin atropellar los derechos de los demás.

Mendigo también es aquel que necesita mendrugos de amor y compasión de la sociedad y, en la actualidad, todos somos mendigos de algo, en especial mendigos de sabiduría, de riquezas espirituales para mejorar nuestra mísera y caótica condición humana.

En nuestra realidad particular las ventas cayeron, las cobranzas se hicieron pesadas, las importaciones chinas se fueron imponiendo, ganando mercados y, con ello, la estocada final llegó a nuestra puerta, a pesar de que las deudas habían sido horadadas una tras otra. Ese fue el problema, porque nos quedamos sin capital de trabajo. Los bancos no quisieron darnos créditos porque habíamos tenido juicios por morosidad, letras de cambio protestadas y nuestro historial crediticio ahuyentaba los préstamos de inmediato.

La famosa frase macroeconómica de la que tanto se vanagloriaban los ministros, responsables de los destinos del Perú, no nos tocó ni siquiera a los pies y vimos caer nuestros sueños por los suelos, mirando con horror nuestra derrota financiera.

Después de la crisis rusa de 1998, algunos bancos líderes también patalearon y los más débiles cayeron, como era el caso del banco Latino. En un bajo afán por tapar la carátula gobiernista, las televisoras más importantes alineadas al Chino, con plataformas de análisis falaces, de cuentos chinos, intentaban hacer creer a la población que el Perú era sólido y con esperanzas.

La sociedad peruana había salido de una crisis económica tormentosa, manchada de sangre por culpa de Abimael Guzmán Reynoso, líder del grupo terrorista Sendero Luminoso, y quizás por ello lo que se venía, en comparación de antaño, era una cosa soportable. De esa percepción se aprovechaba el Estado para manipular a la gente, dejando de lado lo más preciado de una sociedad: cuidar a sus ciudadanos. Tenían la obligación de hacerlo; aplicar políticas de rescate, si fuese necesario. Y ciudadanos somos todos, sin excluir a ninguno.

Sentado sobre los montículos de desperdicios de microporoso de los materiales de confección, pensaba sin poder hacerlo con claridad, urdiendo salidas posibles sin conseguirlas, planes que se desbarataban con la cruda realidad. Encogido sobre mis rodillas, miré al piso de cemento fijamente y vi pasar, a la carrera, una pequeña hormiga que se afanaba por buscar y buscar. Se iba de un lado para otro y no cesaba en repetir sus pasos por el mismo sendero, hasta que logró encontrar lo que buscaba: una minúscula cosa, parecida a una leña en miniatura, y tomó otros rumbos, presurosa y contenta.

Aquel insecto me dio una idea: si ella no se rendía, ¿por qué yo lo debía hacer? Volvería a andar por mis caminos trazados y encontraría la solución. Porque de eso se trata la vida: aprender de los errores y fracasos para lograr el éxito. Si el Perú estaba mal, había otros mercados que se podían explorar, llevando la experiencia, que es valiosa en cualquier parte del planeta, en cualquier horizonte. Sería como la hormiga. Urdí un plan para planteárselo a mis dos hermanos al día siguiente.

—Nuestros productos son buenos. Mucho mejores que los chinos, que utilizan materiales reciclados. Podemos exportarlos, consiguiéndonos un socio que posea capital —le dije a mis socios, que me miraron incrédulos.

—Si aquí no podemos, imagínate en otro mundo que no conocemos —me respondió mi socio hermano Elmer con acciones minoritarias.

Mi hermano, con quien compartíamos ganancias iguales, se movió nervioso. Había llegado la oportunidad de decir adiós a la sociedad, era el momento. La idea la estaba tejiendo desde varios meses atrás, pero no se atrevió a decírmelo porque una sociedad de palabra, dada con todo el corazón, el entusiasmo, la alegría, la esperanza, es más difícil de romper, porque se rompe el propio sueño, el ímpetu del garbo planeado, la fuerza de la fantasía anhelada.

—Hermanos, lo siento mucho pero yo me voy a abrir solo —nos dijo, me dijo, mirándome con cierta vergüenza en la cara mi hermano Orlando.

El golpe que recibí fue duro, acerado, violento, pero lo entendí por las circunstancias. Nunca se me hubiera ocurrido ponerlo sobre el tapete. Jamás me hubiera imaginado destruirlo después de tantas odiseas. Pero los golpes son golpes, como decía Vallejo en su poemario, y había que asimilarlos cuando llegan. Era la derrota final de la guerra y con el fracaso hay que conciliar, para ver si se puede ganar algo de lo que podría quedar.

—Qué propones, hermano —le respondí, después de un largo silencio.

—Dividirnos, repartirnos cada quien con lo suyo —nos dijo un poco contrariado—. Venderlo todo.

—No —le dije yo apenado—. Es mejor que sigan confeccionando ustedes dos en este mismo lugar. Yo me voy del país en busca de otros horizontes.

—¿A dónde vas a ir? —me preguntaron al unísono mis dos hermanos.

—A Europa —les respondí al azar.

—Y con tu parte, ¿qué hacemos? —me dijo mi hermano Orlando.

—Quédense con todo: las máquinas, el carro, el local —le respondí con tristeza—. Después me dan lo mío, cuando vuelva. Pero mientras tanto, utilicen la fábrica para continuar produciendo.

—No —me volvió a decir mi hermano Orlando—, hay que repartir de una vez. No hay que dejar hilos en el aire.

—Sí, será mejor así —intervino mi hermano Elmer.

Yo sabía que mi lucha había concluido y solo tocaba resignarme y repartir. Los miré con lágrimas en los ojos y luego se me ocurrió otra idea más práctica y menos dolorosa.

—Bien —les dije—, yo no me quiero llevar nada ni vender nada. Cuando estén bien, arreglamos.

—Mejor tú te quedas con el terreno, que no se va a mover mientras regresas, y vendes el carro para tu pasaje —dijo mi hermano Orlando—. Yo me quedo con la construcción más las máquinas, y a Elmer le doy capital para que siga trabajando aquí, pero por su cuenta, utilizando el local y las herramientas de fabricación para que venda a sus propios clientes lo que pueda producir. Además, que viva aquí si lo desea.

—¿Y tienes capital? —le pregunté ansioso.

—Sí —me respondió—. Yo guardé las ganancias que me dieron y no las gasté. No es mucho, pero es suficiente para volver a empezar, pero, esta vez, solo. He aprendido con lo que hemos vivido y no pienso endeudarme nunca más.

Me alegré por él. En cambio, yo reinvertía mis utilidades en materiales de fabricación o tratando de amortiguar intereses de los usureros, sin que ellos se pudieran enterar, tratando de apaciguar las aguas revueltas de la sociedad. A ese punto me dio igual y me pareció justa la repartición que ya tenía planeada mi gratísimo hermano Orlando. Me sorprendió la decisión que tuvo mi hermano Elmer al decir:

—Yo me voy a volver informal y no tributaré al Estado —lo dijo con rabia contenida para luego continuar—. Encima que nos rompemos el lomo trabajando, encima que no hacen nada para ayudarnos, tratan de cobrarnos impuestos esos hijos de su madre, como usureros que invierten poco y ganan mucho. Al menos el usurero deja su capital, pero el gobierno no invierte nada y cobra como socio.

—A la larga eso te perjudicará —le dije a mi hermano—. No puedes llegar lejos, tendrás un techo que no podrás pasar. No podrás acceder a un crédito bancario y es un deber patriótico tributar al Estado. Lo contrario es un delito. Piénsalo bien, hermano.

—¡No me importa, carajo! Pero yo no les daré el gusto de robarme los mendrugos de mi esfuerzo a cambio de nada.

Sabía que mi hermano Elmer era terco como una mula y desistí en seguir discutiendo con él, aunque algo de razón tenía.

Pasados unos meses todo quedó arreglado, como mi hermano menor lo había propuesto. Yo dejé mi trabajo para empeñarme en otro que era incierto, abandonándolo todo con el fin de que mis exsocios pudieran salir adelante por cuenta propia y sin mis desatinos de ambición. Me desconsolé cuando mencionaron despidos obligatorios que iban a hacer para mantener el barco a flote, pero lo que más me dolió fue que mencionaran que los trabajadores antiguos iban a salir para no tener que pagar seguros y beneficios de los que todavía gozaban en la actualidad.

Las noticias malas corren como regueros de pólvora y los muchachos se fueron enterando de los despidos que se iban a hacer después de mi salida de la sociedad. Lo que nunca se imaginaron era que los trabajadores más valiosos eran los elegidos a irse por la nueva administración. Su pecado fue estar en planilla y ocasionar gastos extras, difíciles de proveer, y se tuvieron que marchar contra nuestra voluntad, a pesar de que eran una parte ineludible de una buena empresa. Pero esta empresa estaba en quiebra y no había nada que hacer.

Mi hermano Orlando me pidió que lo ayudara en aquella tarea cruel y uno a uno los despedíamos con un apretón de manos y un adiós. La mirada de algunos de ellos era casi de llanto, a duras penas reprimido. Pero lo que más llamó la atención fue que nos deseaban buena suerte, exigiéndonos esperanza de unión como en antaño cuando se trabajaba, reía y lloraba. Allí supe que el empresario tiene en sus manos grandes responsabilidades y la más sagrada de todas es mantener al personal, cueste lo que cueste, porque, quiérase o no, desarrolla un vínculo de involucramiento con la vida de sus obreros, uno muy difícil de romper.

La cara de Simón la llevo aún en mi memoria. Era la mañana de un viernes negro que no quise recordar, y él tenía sobre su cuerpo la palidez de la muerte. Sus manos sujetaban las correas de su mochila, que colgaba apesadumbrada como si aquel objeto inanimado tuviera sentimientos que decir, y parecía que se aferraba a ella como queriéndole darle vida para que lo ayudase a protestar o que le sirviera como algún símbolo de fuerza para poder caminar hacia la salida. Tomó asiento con lentitud, como un cansado anciano que se resigna a la vejez y, mirándome a los ojos como la primera vez, esperó con angustia mi sermón de adiós.

Con sinceridad, no supe cómo comenzar. Quería encontrar las palabras adecuadas para darle valor y hacerle el menor daño posible. Pero de manera gentil él se adelantó y, arrastrando sus palabras, me dijo, interrogándome y confirmándolo a la vez:

—Me voy, ¿verdad?

En el interior de mis alborotados pensamientos me tocó agradecerle. Mi pesar se confundió con el suyo mientras alcanzaba a decirle:

—Lo siento, muchacho. Tú sabes que no es toda mi culpa, pero el actual sistema económico en que vivimos nos ahoga sin remedio —le dije como respuesta. Me acerqué y, tomando su hombro, le prometí algo que se me ocurrió en ese instante y no supe el por qué lo dije—. Simón, no es una despedida para siempre sino un hasta pronto. ¡Volveremos, te lo prometo!

Esbozó una débil sonrisa como si estuviese asistiendo a un entierro en donde el muerto era él. Por unos largos segundos reinó el silencio entre ambos y luego se levantó con la misma lentitud con la que se sentó. Siempre aferrándose a las correas de su descolorida mochila, se despidió diciéndome:

—Gracias por todo, señor, y que le vaya bien en su viaje. Ojalá yo pudiera irme también de este país de mierda —lo dijo con cólera reprimida, con odio sujetado, como queriendo tomar un arma y matar a medio mundo.

Se fue caminando por el centro del local, arrastrando los pies como si llevara plomo en las piernas. Prácticamente le grité desde el fondo de mi alma para decirle:

—¡Simón!

Giró como un zombi para escucharme al filo de la salida.

—Hazle presente mis saludos a tu madre —le dije, creyendo que era lo correcto, pero me equivoqué. Mis palabras eran desafortunadas para ese momento desagradable y se fue, mudo de tristeza.

Me sentí mal, demasiado mal, pero la vida continúa, no te permite retroceder. Después excavé mi conciencia, tratando de remediarla de algún modo y, tomando aliento, miré en todas las direcciones para luego preguntarle a mi hermano, que permanecía a mi lado como una estatua, absorto, inalterable. Sabía que sufría al igual que yo:

—¿Y el Loco? —le dije y reaccionó como si le soplaran la vida. Se encogió de hombros y también miró a todos lados buscándolo.

—¡Aquí estoy! —respondió desde su escondite improvisado, justo detrás de la inyectora, con la esperanza, tal vez, de no escuchar su nombre en la lista de despedidos.

Salió de su escondite con su orgullo inseparable. Caminó tieso, que no era habitual en él, y me dio la impresión de que marchaba al compás de su propio himno. Lo miramos, nos miró y a medida que se iba acercando se empezó a torcer, recuperándose del tirón desafortunado del momento.

Pensé que nos iba a reclamar, como era su costumbre, a vociferar como era su personalidad, pero fue todo lo contrario. Lo invité a que se sentara, pero no quiso hacerlo. Me dijo con sus movimientos bamboleantes y torcidos que los soldados mueren de pie. Pero esta vez no sonreía, estaba serio, reflejando preocupaciones que intentaba ocultar y se adelantó a escupir lo que tenía guardado en el pecho:

—Yo sé que van a arreglar sus problemas y yo no me creo el cuento ese de que usted se va —me dijo, queriendo encontrar su propio consuelo—. Usted ama a su país y tiene que resistir. Cuando eso ocurra, me reservan un lugar en la chamba, jefe —y luego estiró su mano huesuda y amarillenta para darme la mano en una despedida.

Quise corresponder a sus palabras, pero no me dejó. Salió raudo a montar su inseparable bicicleta, abrió la puerta dando un fuerte portazo y se fue. Reaccioné lo más rápido que pude y corrí detrás de él. Cuando salí a la calle vi que se alejaba a todo pedal, como si huyera del compromiso de un adiós. Le silbé, me escuchó y alzó su mano sin girarse en un manifiesto saludo lejano que se perdió con su desesperación, porque comprendí que estaba llorando y al Loco nadie lo podía ver llorar jamás.

Me dio la curiosa impresión de que había mojado la pista con sus lágrimas de rebeldía y que no era la llovizna de aquella mañana. Su figura se perdió al doblar la esquina, que daba a la avenida Industrial, dejando una estela de viento cortado con una gris sensación de nostalgia infinita. Volví mi mirada al otro extremo de la calle cerrada, donde había un almacén gigante de granos de importación, y vi que una espantada columna de palomas volaba dando aletazos violentos rumbo a la neblina que empezaba a cubrir el cielo de la ciudad de los reyes.

Regresé sobre mis pasos absorto, acompañado de una extraña tristeza. La pequeña fábrica se veía desolada, vacía de alegría, hueca, sin alma. Las valientes máquinas también sintieron el adiós de sus amos, porque ninguna de ellas se atrevió a funcionar y tomaron su día de luto merecido, inamovibles. Absorbieron la inmensa pena que fluctuaba en el aire silencioso y sepulcral. Seguro que extrañarían sus voces, su empeño, su bulla, su música, su sudor, su afán, su poca alegría del día, el consuelo que brinda el sagrado trabajo que merma las angustias.

Por primera vez, desde que Jaimito ingresó a trabajar, lo vi masacrado, hundido, pálido, meditabundo. Cuando me vio regresarme, se acercó de inmediato a mí y me dijo de forma resuelta, con coraje y pundonor:

—Señor, por favor, yo me voy al puesto del Loco.

Su mirada era la de un niño pidiendo un imposible a un adulto. Sus ojos estaban rojos al borde del llanto.

—No puedo, Jaimito —le respondí acongojado—. Mi hermano Orlando no puede seguir pagando sus tributos, que son pesados. En cambio, el tuyo sí, porque eres el más eficiente, no solo en las manualidades, sino que también lo ayudas a llevar la contabilidad y las finanzas con empeño futurista.

Se me quedó mirando con tristeza y su respuesta fue certera en aquellos momentos difíciles al decirme:

—¿Entonces puedo hacer que vuelva cuando las cosas mejoren?

—Por supuesto, Jaimito, por supuesto —le respondí, dándole esperanza.

Me apoyé en el filo de la mesa más ancha, cubierta de pegamentos secos capa tras capa por su constante uso, y bajé la cabeza, chocando mi mirada con el frío piso de cemento gris. Mis pensamientos, por unos momentos, fueron nulos de raciocinio. Me había quedado solo para servir de esperanza a ese escenario sombrío. Esa batalla la perdí, me vencieron. Mis ojos se humedecieron sin darme cuenta, pero de pronto experimenté una sensación que me impulsó a mirar hacia arriba y, pasándome la mano por los ojos aguados, me rescaté y me dije, alucinando un poderío que quizás poseía: «¡volveré! Prometo que volveré y esta vez será para quedarme con éxito».

Nadie supo lo que estaba pensando, no lo podían saber, pero me equivocaba, porque el alma del salón junto a las máquinas lo hicieron y soltaron un gemido inaudible que solo yo pude oír en el rincón de mi conciencia. Entonces las fui a acariciar: comencé con las paredes blancas y me fui topando con las máquinas, que me parecieron que cobraban vida para corresponderme, esperando sentirse útiles, fuertes y jóvenes para acompañar con orgullo al bullicio y al ajetreo de todos los días.

Mis hermanos y algunos trabajadores me miraron con extrañeza. Me di cuenta y salí, de nuevo, afuera, a la puerta de la calle a tomar aire fresco para no dar compasión.

Las diez de la mañana se acercaban y mientras permanecía parado mirando la calle, ordenando mis ideas, vi llegar al Papa Huevo, empujando su carreta amarillenta y su apariencia me dio aún más tristeza. Don Felipe Huarino Rocha, apodado el Papa Huevo, venía en medio de la solitaria calle. Recuerdo que su nombre me lo dio justo en ese momento, cuando le conté la desgracia de los despidos. En su mundo, le pareció que le estaba bromeando, pero cuando se asomó al local vio a cuatro gatos que permanecían con las manos cruzadas, haciendo paro por el resto de sus compañeros que ya no estaban.

—Oiga, joven —me dijo con sorpresa—, ¿qué pasó? ¿Por qué ya no trabaja? ¿Se aburrió o qué?

Su expresión se asemejaba a la de un fantasma que se negaba a creer que había muerto, que había desaparecido la actividad diurna, y entró en pánico. Sabía que una buena parte de sus ganancias las tenía allí, en nuestra fábrica, y se llenó de terror. La niña Marlene, su hija que se escondía dentro la carreta, también abrió su cortina de tela sucia, empolvada por las travesías, para mirarme. Asomó su cabecita con ternura y me hizo las mismas preguntas sin soltar palabras. Lo comprendí, comprendí el lenguaje corporal de expresiones elocuentes de una criatura de muy corta edad. Tendría cuatro o cinco años, nada más, y ya sufría los problemas del mundo o de los adultos, para ser precisos.

—¡Ya nos mataron, viejo! La recesión y la importación china, con la venia del gobierno, nos liquidó o, más bien, me liquidaron —atiné a decirle.

El viejo luchador de las calles limeñas arrugó el entrecejo. Sus labios resecos se estiraron y sus dientes superiores se dejaron ver, amarillentos por el sarro acumulado, como su carreta con el polvo y la intemperie.

—¡La política, siempre la política! ¿Y yo de qué voy a vivir? ¿Quién me va a comprar mis huevos, mi papa, mis chupetes? ¿Ahora a dónde voy a ir?

—Tranquilo, viejo —le respondí—, mis hermanos van a continuar trabajando. No será igual que antes, pero seguirán —le dije consolándolo.

La fila de palomas que habían volado a las nubes regresaba y se posaba, de nuevo, en los fierros visibles, debajo de los techos altos del almacén de granos.

—¿Y el Loco, el tramposo, el Lucho, el Carlos, el Cuña y el Simón? ¿Todos a la calle? —me preguntó, sabiendo que no los había visto ya.

Moví la cabeza, asintiendo sin emitir palabra, y el viejo empujó su carreta, desolado y repleto de mercadería. Su caminar se hizo lento, al igual que el de Simón, pesado, agrietado. Se marchó, negándose a que desapareciera poco a poco su actividad diaria, porque con ello se iba parte de su sustento, su costumbre, su alegría de llevar el pan a su humilde hogar, su trabajo al que también tenía derecho. Era ya parte de su vida, había hecho planes para aumentar su producción, contaba con eso, ¿y ahora qué? También extrañaría las risas y burlas de los muchachos que lo hacían reír. Sus lentes gruesos escondieron una enérgica mirada de rabia y pateó su carreta, asustando a su hija que vivía en su jaula rodante, soportando los huecos y el polvo de las calles todos los días, de lunes a sábados, desde que tuvo uso de razón.

Solté un suspiro. El verano también se despedía con sus tímidos rayos solares, que se atrevían a filtrarse por la neblina que iba ganando terreno, apropiándose poco a poco del ambiente limeño.

El treinta de marzo del 2000, el fin y el comienzo del tercer milenio de nuestra era, ya preparaba planes de viaje rumbo a Italia. Fui a su embajada para pedir la visa. Al cabo de varias idas y venidas me la dieron con la promesa de insertarme en el mundo del trabajo italiano. En setiembre de ese mismo año llené las maletas para salir del país un día jueves, rumbo a una cultura diferente, desconocida. No lo podía negar: tenía algo de miedo por la incertidumbre que generaba iniciar una aventura de vida totalmente nueva, empezar de cero y no saber qué es lo que me deparaba el destino allá, al otro lado del mundo, sin sin más capital que mis propias manos sabedor del desempleo en el Perú que se agravó de tal forma en plena campaña electoral del Chino Fujimori, que ganó su tercer mandato en la segunda vuelta del año 2000. Pero no le duró mucho porque también en ese año se destapó el escándalo de la corrupción por mantener el poder, cuando salieron a la luz los vladivideos de su asesor presidencial, Vladimiro Montesinos. Esto lo llevó a escapar de la nación rumbo a la patria de sus padres: Japón. Desde allí renunció por fax ante el Congreso de la República.

Mientras tanto, un altísimo porcentaje de hombres y mujeres útiles para la sociedad deambulaba por las calles con las manos en los bolsillos, con su ilusión humillada y pisoteada como si solo fueran objetos de deshecho y nada más, sin ninguna contemplación ni compasión humana.

Los programas de televisión querían tapar el sol con un dedo de manera inútil, tratando de destacar uno de los logros más importantes del gobierno fujimorista: la acertada lucha contra el terrorismo que, en verdad, estaba echando raíces en nuestro territorio. Yo también felicito tal victoria, al igual que el control de la inflación brutal que nos dejaron los años ochenta. Esas dos plagas se habían combatido, pero el hambre que corría debajo del puente nadie la quiso tomar en cuenta. El fujimorato los abandonó a su suerte, olvidándolos por completo, cerrándose en su terca filosofía: el Perú profundo, escondido para el gobierno, debía mendigar para alimentar el progreso general de los demás, echando a andar la política económica que recetaron desde afuera de nuestras fronteras a costa de los mendrugos que arrebató a sus ciudadanos. Había sabido sembrar el terror en la población, y el latente miedo a la reelección que el presidente pretendió acobardó a cualquier valiente.

Las condiciones infrahumanas en la que vivían las barriadas aledañas a la ciudad formaban un cerco de límites humillantes, sin acceso a las condiciones básicas de la vida como es el derecho a la luz, al agua, al desagüe. Con seguridad, la mayoría de madres de familias pobres, de aquellas barriadas, revolvían agua con sal y cabezas de pescado, que recogían de los mercados para poder sobrevivir, como una maldición de nunca acabar.

Para muchos políticos la pobreza que se vivía no era muy importante, sino los objetivos trazados. Hablar de miseria humana peruana era una calumnia, un desatino, una ofensa, pero la realidad cruda estaba allí, presente, sangrante y había que decirlo, escupirlo, porque hay cosas que uno no se puede ni se debe callar. Debemos ser rebeldes, y desobedientes ante las injusticias sociales. Las voces de protesta deben ser apátridas y nómadas si en el seno de nuestra casa no somos comprendidos ni escuchados.

Pero también hay aciertos que debemos reconocer para ser justos hasta con el enemigo. Sin ánimo de ser mezquino, debo decir que gracias al Chino se selló la paz con el hermano país del Ecuador, solo que la pobreza no se tomó en cuenta y reinaba impune por el Perú. La gente, adormilada por el engaño de la política, resistía y resistía, esperando como enfermo grave a que su cáncer de infinitos problemas sea, por lo menos, calmado.

La dura política tributaria contra los nacientes emprendedores, les arrebataron de los bolsillos rotosos sus miserables centavos que habían ganado a duras penas para arreglar su patria, porque el esfuerzo más grande y real del temible *shock* económico que nos impuso el gobierno se debió a la valentía de un pueblo sufrido, hambriento, pero digno. Luego le tocó padecer el otro *shock*: la alargada recesión económica y las imposiciones tributarias, con sus latigazos de amenazas y confiscaciones, como si hubiésemos sido un país rico.

Pero el hambre no se paró, más bien se practicó la avaricia extrema con la que se privó a la población peruana de lo más elemental para tejer fortuna, sin consideración al material humano. Algo de reconocimiento tuvo el gobierno al estabilizar la economía y aniquilar la plaga del terror militarmente, pero no tuvieron la sagacidad de interpretar a su propio pueblo, ni apreciar a ese valeroso mendigo que dio sus escasas limosnas para que el Perú salga, algún día, victorioso.

La noche anterior a mi viaje, a las once y media para ser exactos, sonó el timbre a todo dar y repetidas veces en mi casa. Antes de levantarme de mi cama miré sorprendido la hora. Extrañado, salí a ver, desde la ventana del segundo piso que daba a la calle, quién era a esa hora y me topé con una figura corpulenta que insistía en hablar conmigo.

—¡Soy el Cuña, míster! —me dijo al ver que no lo reconocía.

Bajé al primer piso y le abrí la puerta. El muchacho estaba sopa de borracho. Cuando le pregunté qué necesitaba me dijo que había venido a despedirse de mí y que, además, traía el saludo afectuoso de su amigo el Loquito, que no se atrevió a venir, como él, porque no se le sentía. También de Simón, del Galletita, de Lucho y de Carlos. Le agradecí el gesto con mucha gratitud y, después de una corta charla, me dijo, dándome la mano con calidez, que era el emisario de sus colegas:

—Le deseo o, mejor dicho, le deseamos un pronto regreso, porque usted ha tenido el valor de comprendernos. Gracias y que le vaya muy bien, señor.

Lo dijo con fuerza, con gratitud y yo me sentí halagado, pero también me entró la tristeza al alma. ¿Quién es capaz de irse sin dejar una parte de historia de su vida, así como así? ¿Quién puede olvidarse de lo vivido y con quienes lo hizo? La verdad es que no había tenido una despedida más digna que la de aquel muchacho de apenas dieciocho años de edad, y lo decía con el corazón en la mano, sin hipocresías ni tapujos.

Regresé complacido y con lágrimas en los ojos, apagué la luz y me enfilé debajo de mi cobija, pensando en lo poco de bueno que pude hacer en una década de emprendimiento. Cuánta nostalgia debería dejar echada en un país inolvidable, en una tierra de cemento y caos llamada Lima.

La aguja del velocímetro del taxista que me llevaba al aeropuerto marcaba los sesenta kilómetros por hora en la concurrida avenida de Tomás Valle. Miré mi reloj, estaba a tiempo, faltaban tres horas y media para mi vuelo con American Airlines, con parada en el aeropuerto internacional John F. Kennedy de Nueva York y, luego, directo a Roma.

La grata primavera estaba en su punto más álgido con su florido entusiasmo. Las reinas de todos los tamaños y edades de las instituciones educativas desfilaban por las calles aledañas, luciéndose con semblantes austeros, dejando una tira de seguidores. Estos las aplaudían con euforia, arrancándoles sonrisas divinas que ellas repartían con besos volados por doquier, donde la gente empezaba a desentumecerse del húmedo invierno de Lima. Lo raro de todo eso era que me alegraba huir del aquel entrevero de desorden. Alegría por un lado y llanto por el otro porque había sido mi primera derrota empresarial fuerte, donde uno queda en el piso magullado y solo el consuelo de la esperanza te hace levantar y caminar nuevamente. Eso hice. Y me alegró fugarme a otro mundo que no fuera el mío.

Era un 21 de setiembre cuando mi escenario psicológico sufrió un cambio brusco. Pensé que ya no era un derrotado y más bien un suertudo, porque visualicé un mundo mejor para mí y mi familia en las lejanías de la otra orilla del océano Atlántico. Sentía que la tarde me coronaba. Pensé que era victorioso después de una guerra sucia y maloliente de muchos años vividos. Huir, sí huir. Aquella palabra marcó mi deseo de libertad, después de fatigosas y desesperantes batallas con la injusticia social que habitaba en un escenario cruel, cubierto por aparentes bondades ajenas.

Entonces comencé a despreciar Lima, como si fuese un basural lleno de humanos zombis que deambulaban sin destino, sin alma que los pueda guiar. Lima, en ese entonces, me pareció pestilente, incapaz, y me alegraba escapar de ella a toda prisa.

El tráfico aún seguía, pero mi contento lo permitía todo, hasta me volví paciente. El color de la primavera entró en mí, iluminando mi fantasía que se volvió tierna, amorosa y sentimental. Comencé a acariciar mis vagos sueños como un inocente niño y los amé e imaginé que sería una victoria cantada, digna de los dioses y empecé a sonreír con infinito placer mientras tejía mis ideas, madurándolas mientras entraba al seno del aeropuerto Jorge Chávez del Callao.

Tenía garbo, energía y, sobre todo, alegría. Subí rápido al segundo piso, donde se controlaba a los pasajeros con destinos internacionales, después de registrar mi pesada maleta en la primera planta. El agente de migraciones me miró mientras revisaba mi pasaporte y de seguro vio mi contento porque selló mi salida, no sin antes decirme que me deseaba buen viaje y una buena estadía en Europa. Al otro lado, en la sala de espera de mi vuelo, saqué mi *walkman* y anclé los auriculares en mis orejas. La música que emitía una emisora capitalina me pareció la más bella canción que hasta entonces había escuchado y aceleró mis deseos de llegar, cuanto antes, a mi sendero incierto.

En aquella época se podían escoger los asientos cuando se hacía la reserva sin tener que pagar un adicional. Yo escogí uno que daba a la ventana izquierda del avión, cerca de la nariz del aparato, detrás de la primera clase. Era un Boeing 747 inmenso, que transportaba más de cuatrocientos pasajeros y hacía escala en Nueva York, para luego enrumbarse a Europa.

Cuando al fin despegó, mi corazón se fue despidiendo del Perú, en especial de Lima, que se fue achicando a medida que nos elevábamos con el ronquido potente de los motores del aparato, el cual se perdió en las nubes densas de la costa. Era de noche y al poco rato el sueño nubló mi mente, perdiéndome en los vaivenes turbulentos de los cielos.

La mañana del viernes, cuando apenas la luz empezó a desbaratar a la oscuridad, amanecimos en tierras estadounidenses y aterrizamos en la ciudad que nunca duerme. Nos permitieron salir por un rango de cinco horas a los que así lo deseábamos, pero solo dentro del aeropuerto, ya que teníamos que abordar la misma nave rumbo a nuestro destino final, que era Roma.

Cuando nos elevamos otra vez, observé la ciudad con sus torres de cemento plantadas en Manhattan, rodeado de aguas del río Hudson y el río Este que daban al océano. Se veía magnífica desde aquella altura que se perdió al poco rato, mientras el colosal avión giraba a la izquierda rumbo al Atlántico, sobre las nubes que simulaban ser algodones blancos, estirados por la atmósfera azul.

Antes de abandonar América del Norte, sentí un tirón de nostalgia que me jalaba hacia atrás como un recuerdo vago de una vida pasada en el territorio *yankee*. Fue como si una fuerza descomunal quisiera regresarme, y unas vagas imágenes pasaron por mi mente como si las hubiese vivido. Me llenaron de una pena rarísima y muy extraña. Miré desde mi asiento a la lejanía y un continente se iba diluyendo a medida que el avión avanzaba, cuyo velocímetro marcaba los mil kilómetros por hora, mostrada en la pantalla del frente.

El viaje fue suave sobre el inmenso océano atlántico que unía el nuevo mundo con la vieja cultura de occidente. Aquel firmamento brillante parecía contrastar con la negrura del espacio, que perdía su azul intenso para hacerse más pálido a medida que se miraba hacia arriba. La Tierra, sin duda, pensé, es una maravillosa obra de arte y poesía que alberga no solo vida sino milagros estupendos. De desafiantes interrogantes, cuyos misterios se esconden a la ciencia, por la perfección de la vida que oculta a la sabiduría simple. El vuelo era largo y desafiante para cualquiera.

Después de una larga travesía, las luces de Roma se veían a nuestros pies, deslumbrantes. El inmenso avión hizo un aterrizaje perfecto y el clásico golpe de las ruedas al tocar tierra casi ni se sintió. Los pasajeros aplaudieron al capitán de la nave por su pericia y destreza. Una vez fuera del aeropuerto, un apresurado taxista me dijo, en su lengua materna:

—*Signore, lasciami portare la sua valigia* —habló muy gentil el italiano en el aeropuerto Fiumicino de Roma. Pidiéndome mi maleta y luego abriéndome la puerta trasera de su coche, continuó diciéndome—. *Prego, vada avanti.*

Algo de lo que dijo se dejó entender, porque yo del idioma italiano no sabía nada, todavía. Le entregué la dirección de un hotel, escrito en un papel que tenía preparado, para pasar la noche y luego tomar el tren de la mañana con destino final en Génova, donde tenía unos amigos conocidos que me estaban esperando.

Sentado seis horas en el tren me hice miles de preguntas, intentando sujetar mis ideas. La principal de todas fue la interrogante matriz de la vida cuando se llega a un mundo que no es el suyo: ¿y ahora qué voy a hacer?

Pegué mi mejilla derecha a la ventana fría del largo vehículo y pensé en el filo del tiempo que parece llevarnos sin rumbo alguno, mendigando favores.

Lecturas recomendadas

Questor (Emelio Gómez)

Huachicoleros de 1942 (Ignacio González Angulo)